双葉文庫

おれは一万石

紫の夢

千野隆司

目次

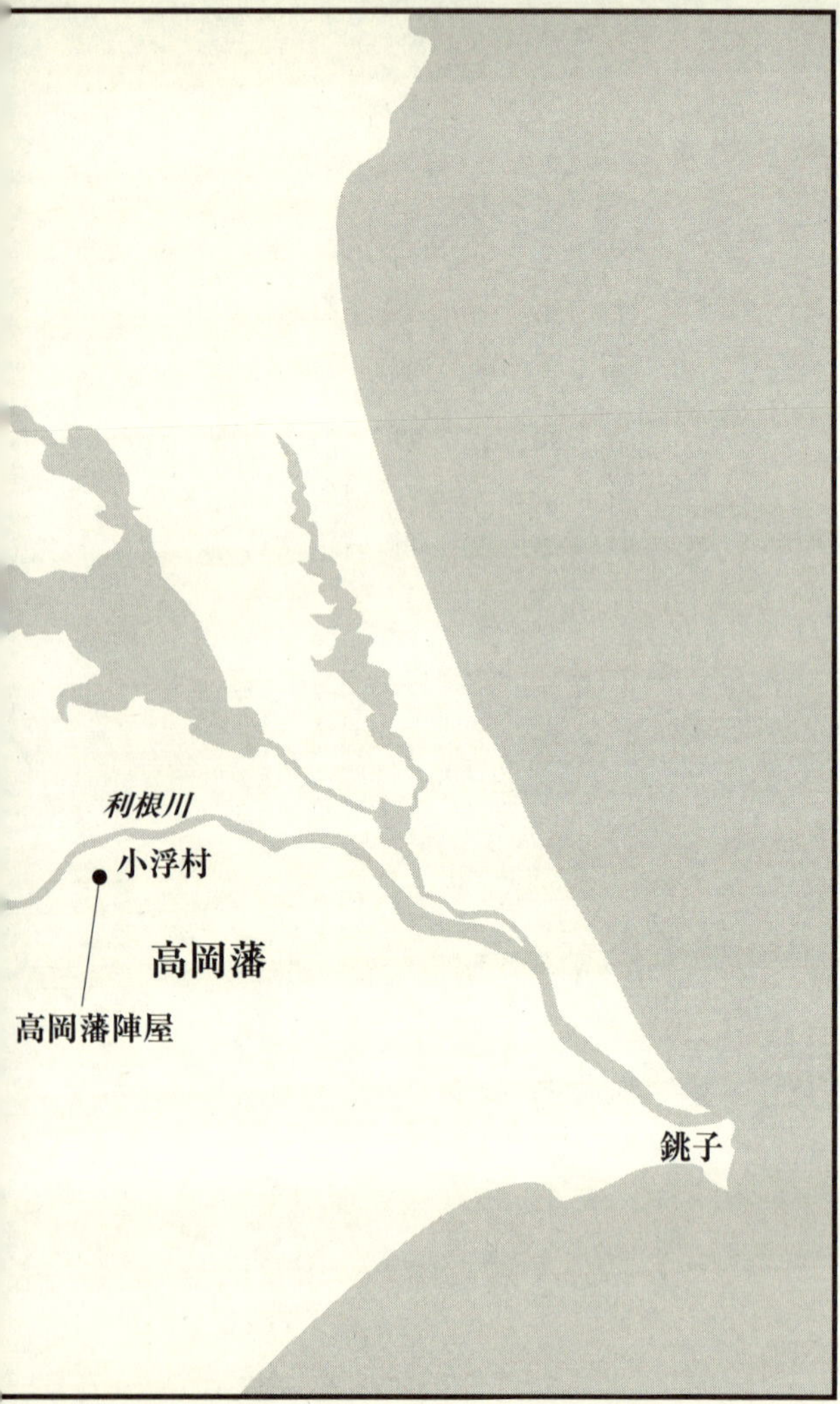

利根川
小浮村
高岡藩
高岡藩陣屋
銚子

↑白沢・柳林・阿久津河岸へ
久保田河岸
▲筑波山
下妻藩
小貝川
関宿
鬼怒川
牛久
春日部
野田
取手
柏
流山
三郷
木颪
川口
松戸
白井
江戸川
鎌ヶ谷
隅田川
江戸城
行徳
日本橋行徳
新川
小名木川

おもな登場人物

井上（竹腰）正紀……美濃今尾藩竹腰家の次男。
竹腰勝起……正紀の実父。美濃今尾藩の前藩主。
竹腰睦群……美濃今尾藩藩主。正紀の実兄。
山野辺蔵之助……高積見廻り与力で正紀の親友。
植村仁助……正紀の供侍。今尾藩から高岡藩に移籍。
井上正国……高岡藩藩主。勝起の弟。
京……正国の娘。正紀の妻。
児島丙左衛門……高岡藩江戸家老。同藩国家老となる。
佐名木源三郎……高岡藩江戸詰め中老。同藩江戸家老となる。
園田頼母……高岡藩前国家老。正紀襲撃を指示したかどで内密に切腹。
彦左衛門・中彦……高岡藩小浮村村名主とその息子。
井上正棠……下妻藩藩主。
井上正広……正棠の長男。
青山太平……高岡藩徒士頭。

おれは一万石
紫の夢

第一章　消えた船

一

風がやわらかい。小鳥の鳴き声が空から降ってきて、桜の枝にある蕾《つぼみ》は綻《ほころ》び始めていた。

池の水面《みなも》に、せり出した枝が映って微かに揺れている。蕾と花びらの色が、鮮やかだ。

春の日差しは、少し眩しい。ばしゃりと音を立てて、数匹の鯉が水面に映る桜の枝を掻き乱した。

「見事な庭ですな。こんなときでないと、ゆっくり眺めることもできませぬからな」

「さよう、さよう」

数寄屋《すきや》造りの茶室から出てきた初老の大身旗本が二人、話をしている。薄茶を振る舞われて、手入れの行き届いた庭を歩いてゆく。

ここは市ケ谷《いちがや》にある尾張《おわり》藩上屋敷の中奥、御本殿の西側にある庭園だ。池を中心に築山《つきやま》や数寄屋が配されて、回遊式の庭になっている。当主徳川宗睦《とくがわむねちか》が、心をこめて造らせた。

楽々園《らくらくえん》と名付けられている。

尾張藩上屋敷は、敷地が八万坪以上ある。東屋《あずまや》に立って周囲を見回しても、整備された庭が広がるばかりだ。

二月の下旬、好天のもとで尾張徳川家の一門による春の茶会が行われていた。

「これはこれは、正紀《まさのり》殿ではないか」

庭を歩いていた井上《いのうえ》正紀は、二人の老旗本と向かい合って立ち止まった。孫のような歳だが、相手は向こうから深々と頭を下げた。

「高岡《たかおか》藩にお入りになられたそうで、ご活躍が楽しみでございます」

「まことに。お若いですからな、これからでござる」

言われる通りまだ十八歳で、昨年の天明《てんめい》六年（一七八六）八月に下総《しもうさ》高岡藩一万石井上家に婿に入った。当主正国《まさくに》の娘京《きょう》と祝言を挙げた。

正紀は美濃今尾《みのいまお》藩三万石竹腰勝起《たけのこしかつおき》の次男として生まれた。父勝起は尾張徳川家八代当主宗勝《むねかつ》の八男である。したがって正紀は、今の尾張藩主宗睦とは伯父甥の関係になる。実兄の睦群《むつむら》は、尾張徳川家の付家老の役に就いていた。

二人の老旗本は、たとえ相手が若輩であっても、尾張徳川家の宗家に近い者に対して礼を尽くしたのである。

高岡藩井上家の当主正国は宗勝の十男で、勝起の実弟だ。正紀は叔父が当主となる井上家に婿に入った。

武家にとって、何よりも重んじられるのは、御家の存続である。世子となる男児がいれば問題はないが、いない場合は血筋が絶える。無嗣《むし》子となれば御家は廃絶となり、家臣は主家を失って路頭に迷う。そうならないために武家では、姫に婿を取る。子どもがない場合には、養子を跡取りとして迎えた。

とはいっても、誰でもいいというわけにはいかない。血筋の近い者、高い家格の男子を婿に迎えようとする。

分家を許すのは、いざ本家に男児がいない折に、跡取りとして本家に迎え入れるためでもある。また大名家や大身旗本家に次男以下を婿に入れるのは、血筋を残すためだけでなく、その繋がりを強固にするという意図があるからに他ならなかった。

二人の大身旗本も、正紀ほど宗家に近くはないにしても、尾張徳川家の血を引く御家の者であったり、姻戚となったりした者たちである。縁戚の大名家にも男子がない場合には、旗本家から養子が入った。

縁戚の大名家や旗本家は、強い相互関係で結ばれている。

したがってこの茶会は、春の一日に一門が集《つど》って茶を楽しむというのが表向きの目的だが、それだけではない。尾張徳川家に連なる家々の結束を確かめるのが裏の目当てで、極めて政治的な意味合いも強かった。

したがってこの催しには、縁戚ではない老中や幕閣に連なる人物や代理の者も顔を出している。昨年将軍家治《いえはる》が死去し家斉《いえなり》の代になり、田沼意次《たぬまおきつぐ》が失脚した。そして次の老中となることが決まっている、松平定信《まつだいらさだのぶ》も顔を出していた。

定信が老中になるに当たっては、宗睦を始めとする御三家が力を貸している。正紀も、挨拶《あいさつ》だけはした。

とはいっても内輪の会という形だから、各家の茶の湯に造詣《ぞうけい》の深い奥方や姫も加わった。華やかな茶会になっている。次三男も招かれているから、婿候補としてのお披露目の場にもなっていた。

また茶室での茶器や軸、花器は、飛び切りの名品が用いられている。めったには目にできない品ばかりだ。

「いや、見事な茶入れでござった」

「お軸もな。あれは狩野探幽《かのうたんゆう》ではござらぬか」

「まことに、眼福にあずかり申した」

正紀の実母で勝起の正室乃里《のり》は、茶の湯に心を寄せている。そこで茶室の一つを受け持って、一門の妻女や姫と共に薄茶を点《た》てていた。正紀の妻女京も、茶の湯には思い入れが深く、乃里の茶室に加わった。

京も、徳川宗勝の血を引いた者だ。尾張徳川家には、茶器の名品が揃っている。それに触れられることを喜んでいた。

「新たな御家のために、尽くされよ」

「畏《かしこ》まってございまする」

老旗本の言葉に、正紀は返した。高岡藩一万石が、大名としてぎりぎりの禄高である。一石でも減封があれば旗本に格下げされる。出自からすれば、もっと家格の高い家に婿入りすることもできたはずだが、高岡藩井上家に身を投ずると決めた。

高岡藩の主たる領地は、利根《とね》川沿いにある。護岸普請のための杭二千本を調達するのにも、難渋《なんじゅう》をするような財政の逼迫《ひっぱく》した藩である。それでも、ここで生きようと決めた。

その決意は、他の者に言われるまでもない。

老旗本は、正紀の前から離れて行った。新たな客が現れ、引き上げて行く者もいる。

正紀は、御本殿内にある茶室に入った。ここでは茶懐石が振る舞われる。一汁三菜の、お茶を嗜《たしな》むために供される食事である。

この席で正客になったのは、播磨龍野《はりまたつの》藩五万一千石脇坂《わきさか》家の当主安董《やすただ》だった。正紀は次客で、隣に並んで座った。

「井上家に婿入りして、国許に新たな河岸場《かしば》を拵《こしら》えたそうではないか。張り切っておるな」

と声をかけられた。利根川べりにある高岡藩の主な領地は、新田開発の余地がない。そこで正紀は河岸場を拵えることで、藩財政の活性化を図ろうとしたのである。常陸《ひたち》や下総に輸送される下り塩の中継地として発展させるつもりだが、その事業はまだ端緒についたばかりだった。

「いやいや」

安董は、その正紀の働きぶりを評して口にしたのだ。

好意的な物言いで、認められたことは嬉しかった。

播磨龍野藩は、正紀の母乃里の実家である。安董の父安親《やすちか》は養子で、元は縁戚の旗本だった。しかし脇坂家を継いだ乃里の兄安弘《やすひろ》と安実《やすざね》は、次々に若くして亡くなった。そこで安親が脇坂家を継ぐことになった。

他にも候補者はあったが、安親が養子として脇坂家に入ることを強力に後押ししたのが、乃里の夫で正紀の父勝起だった。尾張徳川家の力を背景にして、話を進めた。勝起が後ろ盾にならなければ、安親は脇坂家を継げなかっただろうというのが大方の見方だ。だから安親や安董は、竹腰家に恩義を感じている。

安董は乃里を「大叔母」と呼び、幼少の頃から頻繁に竹腰屋敷に出入りした。正紀とは一つ違いの二十歳で、兄睦群と共に乗馬の稽古をしたり相撲をとったりして遊んだ。

兄弟といってもよいような仲だった。

足のない膳である折敷《おしき》に、飯と汁の椀、向付《むこうづけ》が載せられて運ばれてきた。箸をつけたところで、酒も出る。酔うために飲むのではないが、これは美味《うま》い。高岡の話をして、互いに杯に注ぎ合った。

そして二椀目の煮物が運ばれた。高野豆腐《こうやどうふ》の含め煮である。

「ほう。見事な色合いで」

正紀は、声に出した。高野豆腐と椎茸《しいたけ》、きぬさやの三品だが、それぞれの色が引き立て合って鮮やかだった。口に含むと、しっかりと味がついている。

「うもうございますな」

正紀が言うと、安董はにっこりとして頷《うなず》いた。

「そうか。これには、龍野の淡口《うすくち》醤油が使われておる。工夫をしてな、深みのある味を出せるようになった。当家で、寄進をしたものだ」

詳細は知らないが、播磨龍野は醤油の産地であることは知っていた。とはいっても、醤油に興味や関心があるわけではない。含め煮についての話は、それで終わった。

正紀にしてみれば、美味だったという印象が残っただけである。

「励むがよい。ときには訪ねて参れ」

安董とは、茶室を出たところで別れた。短い間だが、久しぶりに話が出来たのは嬉しかった。

正紀の祝言の折にも顔を合せたが、ほとんど話ができなかった。

そして薄茶の席では、下妻《しもつま》藩の世子である井上正広《まさひろ》と一緒になった。高岡藩と下妻藩は共に一万石で、遠江浜松《とおとうみはままつ》藩六万石井上家の分家となっている。

昨年の天明六年（一七八六）七月に、まだ存命だった先の将軍家治公の御前で、正紀と正広は上覧試合の一本勝負を行った。正広の方が年下だったが、正紀は敗北した。正それ以来の間柄である。

正紀が井上家に入って、それぞれ二つの分家の世子という立場になった。一万石同士の二つの井上家は、どちらも財政が逼迫している。正紀は高岡河岸の活性化を目指しているが、正広の方は新田の開発に力を注いでいた。

「力を貸し合えることがあるならば、出し合おうではないか」

「いかにも」

上覧試合の勝ち負けは別にして、今は励みになる存在になった。井上家は尾張徳川家の一門ではないが、正紀は声をかけて招いたのである。

正広は、京とも昵懇《じっこん》の間柄だ。

他にも宗勝の十四男で正紀の叔父にあたる日向延岡《ひゅうがのべおか》藩七万石の婿になった内藤政脩《ないとうまさのぶ》、常陸府中《ふちゅう》藩二万石松平頼前《よりさき》の正室となった叔母の品《しな》などと顔を合せた。

顔と名しか知らぬ者もいるが、昔からの縁者も少なくない。尾張徳川の人脈に接する一日といってよかった。緊張する場面もあったが、心地よい疲れと共に、正紀は下《した》谷広小路《やひろこうじ》にある高岡藩上屋敷へ戻った。

二

屋敷に戻ると、正紀の御座所へ江戸家老になった佐名木源三郎《さなきげんざぶろう》がやって来た。渋い顔をしている。手には一通の書状を携《たずさ》えている。

昨年の秋、国家老だった園田頼母《そのだたのも》は、正紀への謀反《むほん》が明らかになって自ら腹を切った。高岡河岸へ運ぶ下り塩を奪わせ、正紀の命を配下に命じて奪わせようとしたことが明らかになったからである。

園田の後任として、それまで江戸家老だった児島丙左衛門《こじまへいざえもん》が国家老として国許へ戻った。そして中老だった佐名木が、江戸家老の役に就いた。

藩主正国は、大坂定番《おおさかじようばん》として任地へ赴《おもむ》いている。留守を預かるのは世子の正紀である。そして屋敷の要となる江戸家老も、五十代の児島から、四十代前半の佐名木へと変わった。藩邸内の空気が、これまでとは異なってきた。

高岡河岸は、下り塩仲買問屋桜井屋《さくらい》の塩を受け入れて、販売の中継地として機能している。そのために新たな運上金《うんじようきん》と冥加金《みようがきん》を得られることになったが、それで藩財政が一挙に潤《うるお》ったわけではなかった。

昨年は寒冷で、しかも長雨があった。利根川流域の諸藩では、洪水で田畑を使い物にならなくされたところも少なくない。

高岡藩は、正紀の尽力で杭二千本を使っての堤の普請《ふしん》工事を行い、水害から免れることができた。しかし作柄は悪く、例年の七割しか年貢米を得ることができなかった。

高岡河岸による新たな実入りは、焼け石に水といっていい状況だった。

天明の世になって、東北の大凶作は飢饉《ききん》といわざるを得ない状況になっている。高岡領内では、藩士領民が餓死するような状態にはなっていないが、かつがつのところでやりくりをしていた。

当主の正国は、十男とはいえ尾張徳川家の生まれである。一万石の小藩の苦境を、充分に理解できていないところがあった。中老だった佐名木が引き締めを図ったが、家老の児島は、藩主の言いなりになるばかりで、自主性のない者だった。己の責で判断をしない。

負債がじわじわと膨らんでいた。

児島を国家老に据えたのは、譜代の家老職の家柄だからに他ならない。だが国許の政事を、任せてしまう気持ちはなかった。蔵奉行をしていた佐名木の腹心河島一郎太《かわしまいちろうた》を中老にして、国許で児島の補佐をさせることにした。

正紀は、家老になった佐名木と共に藩財政の改善を図るべく倹約を推し進め、さらに実入りを得る方策を練っている。高岡河岸を利用する、新たな荷の受け入れをしたいと考えるが、良策があるわけではなかった。荷主も船問屋も、中継地点とする各河岸場の納屋《なや》と数年にわたる約定《やくじょう》を取り決めていて、新たな参入は難しい状況だった。

佐名木は物事を都合よく判断したり、小手先でその場しのぎの手を打ったりする者ではない。まずは己の手を汚すが、正紀に対しては、厳しいことと厄介《やっかい》なことをそのままに伝えてよこす。

渋面《じゅうめん》を目にして、新たな問題が起こっているのを正紀は察した。

「戸川屋《とがわや》忠兵衛《ちゅうべえ》より、本日このような書状が届きました」

手にしていた書状を差し出した。戸川屋忠兵衛というのは、利根川の取手《とりで》河岸に店を持つ廻船問屋の主人である。利根川や分流する鬼怒《きぬ》川や小貝《こかい》川などの河岸から河岸へ、荷を運ぶことを生業《なりわい》にする者だ。何艘もの荷船を持ち、各河岸場には何棟もの納屋を所有している。

貸納屋も営み、その一つは高岡河岸にもあった。

書状を受け取った正紀は、早速開いて文字を目で追う。

「これは」

読み終えた正紀は、それ以後の言葉を呑み込んだ。

忠兵衛からの書状は、高岡藩に対する百二十七両の貸金の返済を求めるものだった。最初に借りたのは明和《めいわ》四年（一七六七）で、今から二十年も前の話である。それら八両十両と徐々に貸し出された金子と利息、返済された金子の額などが詳細に記されていた。

そして現在の元利を合せた貸金の総額が、百二十七両になると伝えて来たのだった。返済の期限はこの三月末日で、これを過ぎた場合にはなされた約定は消滅する。新たに貸与を継続する場合は、それまでの年利八分を二割五分とするという申し出だった。

「とんでもない、高利ではないか」

正紀は、やっと声を出した。放置すれば、借財は瞬《また》く間に雪達磨《ゆきだるま》のように大きくなってゆくだろう。

「いかにも。早急に返さねばならないものでござる」

佐名木の言葉を聞いて、正紀はどきりとした。藩財政については、すでに何度も出納帳には目を通している。しかし戸川屋からの借財については、記載はなかった。

「おかしいではないか。いきなりこのようなものが出てくるのは、何かの間違いではないか」

頭に浮かんだ疑問を伝えた。

「ご不審は、当然かと思われます。しかし戸川屋は、戯《たわむ》れを申してきたのではありませぬ」

佐名木は苦々しい表情を崩さずに告げた。正紀の顔に目を向けたまま続ける。

「この貸借は、国家老だった園田頼母殿が戸川屋忠兵衛との間でなしたものでござる。藩として借りた金子には違いないが、この貸し借りについては園田殿が、特別の間柄ゆえに借り申した。返済期日の記載はありまするが、それは便宜上のもので、拘束をするものではござらなかった。なにしろ園田殿と戸川屋は、特段の間柄でございましたからな」

「そ、そうであった」

正紀も知っている。園田の妻女瑠衣《るい》は、忠兵衛の娘である。園田は、義父と婿という間柄の中で金を借りたのである。

「なぜ、そのような金子を借りたのか。江戸の費《つい》え、国許の費えなどを勘案すれば、借りなくても済む金子ではないか」

正紀にしてみれば、偽らざる疑問だ。藩は豊かとはいえない。家臣からは、俸禄二割の借上げを行っている。しかし戸川屋からの金は、苦しいなりにもやりくりをすれば借りなくて済んだはずだと考えたのである。

正紀のその思いを、佐名木は受け入れた顔で口を開いた。

「明和四年は、殿が大坂定番に任じられた年でございまする。家臣を伴い、一年の間、大坂へ参ります」

「しかしそれには、御役料三千俵が給せられるはずだぞ」

この程度のことは、大名家に育ったから正紀も知っている。三千俵を大坂での一同の食料にし、余りを経費にしろという手当である。

「一年過ごすのでござるぞ。それで足りるとお考えか」

と返されて、正紀は言葉が出なかった。

正国は贅沢《ぜいたく》であることを除けば、尾張徳川家の血筋で才気もあり、凡庸なだけの人物ではない。大坂定番の役目を果たし、次は奏者番《そうじゃばん》に就くのではないかという声も上がっている。

その先には、寺社奉行という出世の道も広がっていた。

「役目を果たすためには、それなりの余分な費えが、かかったということだな」

「さようでござる。江戸と国許のもろもろの費えはすでにぎりぎりで、出どころはどこにもなかった。そこで園田殿が、戸川屋に依頼をしたのでござる」

戸川屋からの借金は、園田が私腹を肥やすために勝手に借りたのではないと佐名木は言っている。正国と江戸家老だった児島は、簿外の借財ではあるが、園田に押し付けてその金を役務を遂行する中で使った。

佐名木はそれを知っていたが、家老という立場にはなかったので、簿外の貸し借りについては意見を口にする資格がなかった。

「ではこの金子は、藩として返さねばならぬわけだな」

「いかにも。園田殿がいれば、戸川屋はこのような書状を寄越すことはなかったでございましょう。低利のまま、貸し付けたと存ずる。しかし娘婿は腹を切った。となれば忠兵衛にとって高岡藩には、何の思い入れもなくなりまする」

園田家は、断絶となった。妻女の瑠衣と九歳になる嫡男の陽之助《ようのすけ》は、戸川屋に引き取られたと聞いている。

「事情はどうであれ、忠兵衛にしてみれば、高岡藩とおれには、恨みと憎しみがあるわけだな」

「当家の財政では、この金子は到底返せませぬ。それを踏まえての申し出と察せられまする」

高岡藩では、堤の補修をするための杭二千本を用立てることもできなかった。

「ならばどうなるのか」

「借財が膨らむだけでなく、藩の政《まつりごと》にも口出しをしてくる虞《おそれ》がございます」

佐名木はきっぱりと言った。

「なるほど。復讐をしてきたのだな」

「そう受け取って、よろしいでしょう」

この書状と同様の文書は、国許の家老児島のもとにも送られていると記されてあった。児島はおろおろするばかりで、何もできないだろうことは目に見えている。

東北諸藩は飢饉で、多くの飢え死や逃散者を出している。高岡藩はそこまで行っていないが、戸川屋からの借財は、今後間違いなく藩を追い詰めてくる。

放ってはおけない事柄だった。

三

朝から強い風が吹いていた。ぱたぱたと戸板を揺らしてくる。

「これじゃあ、せっかくの桜も、散っちまうじゃねえか」

戸口から外を見ながら、酉蔵《とりぞう》は言った。雨は降っていない。土手にある桜の枝が、春の強風に揺れていた。開いたばかりの花びらが、枝にしがみついている。堪えられずに散ってゆく花びらも少なからずあった。

「兄貴、船の支度《したく》ができましたぜ」

弟の猪蔵《いぞう》と水手《かこ》の熊吉《くまきち》が姿を見せた。

「おお。では行くか」

「気をつけて、お行きよ」

酉蔵の背中に、女房のお吉が声をかけた。

家を出て、数歩行けば土手の道に出る。その向こうは船着場になっていた。

ここは霊岸島北新堀大川端町《れいがんじまきたしんぼりおおかわばたちょう》である。大川の河口に当たる場所で、すぐ左手に永代橋《えいたいばし》が聳《そび》えていた。多少靄《もや》がかかっていて、右手に目をやると佃島《つくだじま》や人足寄場《にんそくよせば》がおぼろげに見える程度だ。その先の江戸の海は、はっきりとはうかがえない。

風が強いから、当然海は荒れている。目の前に止まっている七十五石積みの荷船である五大力船西猪丸《ごだいりきせんとりいまる》の船体が揺れていた。

とはいっても、この程度の荒れならば船を出す。曇天で、黒雲が流れている。春の嵐ではあるが、それで荷運びを止めるわけにはいかない。運ばなければならない荷は、毎日のようにある。先延ばしにすれば、そのしわ寄せは自分のところに返ってくる。よほどのことでもないと、船出はやめない。

七十五石積みの荷船を手に入れたのは、四年前の三十一歳のときだ。二つ下の弟猪蔵と力を合わせて古船を買い、酉猪丸と名付けた。江戸湾や大川の沿岸、そして近隣の土地へ荷を運んだ。

樽や俵物《たわらもの》に限らず、何でも運んだ。一つの荷で満杯になることもあるし、種々の品を併せて運ぶこともある。他に船主がいるわけではなく、酉蔵と猪蔵が船頭になって、水手の熊吉の三人で、航行を行っていた。

頑固者兄弟と陰口をきかれることもあるが、確かな船扱いの技術と、約定を違《たが》わない誠実さで事を行うから、顧客からの信頼は大きかった。ほぼ一月《ひとつき》先まで、依頼が詰まっている。

何艘もの船を持つ船問屋よりも、割安にしている。これも繁昌《はんじょう》する理由の一つだった。

「この荷は、何としても酉蔵さんに運んでもらわなくてはなるまいよ」

と、昨日も下り酒問屋の番頭が顔を見せた。

行く行くは、船を増やしたいという野心もある。しかし今は、一つ一つの荷をしっかり運んで、顧客からの信頼を得なくてはと考えていた。

「坊も、少しずつ大きくなるからな」

西蔵には、四歳と二歳の倅《せがれ》がいる。十四の歳に、百石船の見習いから初めて、ようやくここまできた。さらにひと踏ん張り、ふた踏ん張りしなくてはならない。春の嵐で波は高いが、休んではいられない。

今日は、日本橋《にほんばし》北新堀町の下り塩仲買問屋大松《だいまつ》屋の下り醬油七十石を運ぶ。西国から来た千石船が、品川《しながわ》沖に停まっている。荷を受け取って、新堀川河岸の大松屋まで運ぶのが仕事だった。

「艫綱《ともづな》を外せ。船を出すぞ」

「へい」

舵を握った西蔵が声を上げると、熊吉の返答があたりに響いた。面長の真ん中ににょっきりと出た鷲鼻《わしばな》を指の先で擦《こす》ってから、綱に手をかけた。

帆柱は立てているが、帆は張っていない。西猪丸は船着場から荒波の中に飛び出した。

南西からの風で、空の船体は大きく上下に揺れる。向かい風に近いが、それを怖れることはない。猪蔵と熊吉が帆を張る作業に入った。

帆桁《ほげた》にはすでに帆布が括り付けてあった。帆柱の先端には蟬《せみ》と呼ばれる滑車の装置がついている。船の後方に向かう身縄《みなわ》という綱を引くことで帆桁は上がってゆく。身縄は、船の後部の矢倉と呼ばれる部分に轆轤《ろくろ》仕掛けが入っていて、これを動かすことで引き上げられる。この轆轤を扱うのが、猪蔵と熊吉の役目だ。

「上げろっ」

酉蔵の声で、二人は手にしていた轆轤を回す。白い帆が、徐々に上がってゆく。海が荒れていても、手慣れた船頭や水手がいれば、七、八十石の船ならば、二人で帆を掛けられる。船の揺れなど気にしない。帆柱や帆桁に人が登る必要もなかった。酉蔵ら三人の腕があれば、向かい風でも船を進めることができる。二十七歳になる熊吉の動きは機敏だ。猪蔵と共に帆の向きを変える帆桁にかかる手縄を、力強く引く。

これで酉猪丸の勢いは、一気に増した。

鉄砲洲《てっぽうず》と佃島の間を、ぐいぐいと進んで行く。築地《つきじ》から浜御殿《はまごてん》の前も通り過ぎた。荒天なので、小舟の姿はない。しかし四、五十石の荷船や、それよりも大きな船は、たまに靄の先に見えた。

芝浦《しばうら》を通り過ぎたあたりで、船首には猪蔵が立つ。目を凝らして、醬油樽を積んだ千石船の姿を捜す。海上を覆う靄で、見晴らしが悪いからだ。けれども初めてではないから、大まかな位置は摑んでいた。

「見えたぞ。あそこだ」

猪蔵は叫びながら、右手を伸ばして方向を示した。浅黒い顔にある太い眉が、ぴくりと動いた。

ここで帆を下ろした西猪丸は、千石船の船端へ寄る。

「大松屋から、下り醬油の受け取りにきたぞ」

西蔵が声を上げると、巨大船から段梯子《だんはしご》が降りてきた。猪蔵が受取証を持って、駆け上がってゆく。船上で控えていた人足たちが、四斗の醬油樽七十石分を運び下ろした。

すべてを載せると、西猪丸はほぼ満杯といった状態になった。数を検《あらた》めた上で、西蔵は受取証を渡す。

「戻るぞ」

西猪丸に戻ると、舵を握って声を上げた。この時点で、強風はやや収まっている。ただ海上を覆った靄は、消えてはいなかった。

再び帆を上げて、霊岸島へ向かう。大松屋のある日本橋北新堀町は、新堀川の北河岸にある。霊岸島はその南河岸だ。

風が治まった分だけ、靄が濃くなった。徐々に西猪丸の勢いは落ちてきた。しかし西蔵らは慌てない。順調な航行を続けている。おぼろげに見える陸地は、芝から浜御殿に向かうあたりに来ていた。

「何だ」

猪蔵が、いきなり声を上げた。靄を割って、小舟が近づいてくる。

「ひっ」

悲鳴のような声を挙げたのは、熊吉だ。船にいたのは覆面の浪人者ふうの侍と、同じように顔に布を巻き、手に手に鳶口《とびぐち》や棍棒《こんぼう》を手にした三、四人の人足といった風貌の者たちだったからだ。

帆を膨らまして逃げようとする。しかし荷船は、ほぼ満載の醬油樽を積んでいた。空船のときのような勢いがつかない。

がしと、向こうの船の船首が、こちらの船端にぶつかった。こちらの船に、鉤縄《かぎなわ》をかけた者もいる。船端と船端がぶつかって、並走する形になった。

「わあっ」

抜刀した浪人者や人足たちが、西猪丸に乗り移ってきた。

「このやろ」

こちらも怯《ひる》んではいない。万一のために、突棒《つくぼう》を用意していた。これを握りしめた熊吉は、先頭にいた侍に突きかかった。

相手は盗賊だから、躊躇《ためら》う気持ちはない。渾身の力を込めた一撃だった。しかし浪人者は、突棒をさらりと避けて、前に踏み出した。

「やっ」

刀身を、一気に振り下ろした。無駄のない動きだった。肩から胸にかけて、ばっさりとやられている。

「わあっ」

絶叫を上げた熊吉は、突棒を手から落とした。ちょうどそのとき船が大きく揺れて、熊吉の体は波の中に呑み込まれた。

「このやろ」

そうなると、もう舵など握っていられない。手近にあった棍棒を手に酉蔵も、前にいた人足ふうに躍りかかった。鳶口と棍棒がぶつかる。手が痺れたが、それでもかまわず棍棒の先を突き込んだ。それが相手の肩に当たった。

体が揺れて、尻餅《しりもち》をついた。酉蔵はかまわず棍棒を振り下ろそうとしたが、そのとき声が掛けられた。

「動くな。それ以上騒ぐと、こいつの命はないぞ」

見ると、二人の人足に腕をとられた猪蔵の首筋に、浪人者の刀の切っ先があてられていた。

「くそっ」

こうなると、逆らうことはできない。振り上げた腕を、下ろすしかなかった。

四

春の嵐が止んだ夕刻前、北町奉行所の高積《たかづみ》見廻り与力の山野辺蔵之助《やまのべくらのすけ》は、築地の河岸に向かって足早に歩いていた。

「どうしておれが、そんな役目をしなくてはならないのか」

不満気な言葉を漏らしながら歩いている。行けと年番方の、古狸《ふるだぬき》のような与力に告げられたのだ。

築地の河岸近くの杭に、二十代半ばとおぼしい男の斬殺死体が引っかかっていたと知らせが北町奉行所あった。

本来ならば、定町廻り同心の仕事である。しかしこのところ南北の町奉行所は、東北の飢饉で逃散してきた無宿人の対応に追われていた。

食い逃げやかっぱらい程度ならばまだ可愛いが、徒党を組んでの押込みや強奪、強請《ゆすり》やたかりが横行するようになっていた。刃傷沙汰も起こっている。些細な金子のために悶着を起こし、命を失った市井《しせい》の者があった。

郷里を捨てて出てきた者たちは、皆食うや食わずの中で、捨て鉢な気持ちになっている。江戸へ出さえすれば何とかなると高を括っていても、実際に来てみればそうはいかない。打ち続く東北の飢饉は、夥《おびただ》しい無宿人を生み出した。

これらは、江戸の町が受け入れられる容量をはるかに超えていた。仕事も身を置く場所もない。追い詰められた者は、腹を満たすためには何でもした。

そこで町奉行所では、何度にも渡って無宿狩りを行った。罪を犯していなくても、佐渡へ送り水汲み人足として使った。無理やり国へ帰すこともした。罪を犯せば、迷わず遠島とした。それでも湧き出るように、国を捨てた無宿人が江戸へ押しかけてきた。

昨日と今日は、その無宿狩りを行ったのである。

定町廻り同心は、他に手が回らない状況にあった。そこで打ち上げられた死体の検死及び探索が、押し付けられた。

高積見廻りは、町奉行所に属してはいても、殺害事件の探索に関わる役目ではない。河岸や町の往来の、商品や薪炭《しんたん》材木の積み重ねを、危険防止や悪用防止のために、高さ広さなどに制限をし、取り締まるのが仕事である。

しかし続く無宿人の取り締まりで、定町廻りの者たちは身動きが取れない。助っ人として駆り出されたのだ。

嫌とは言えなかった。

死体が見つかったのは、築地上柳原町《かみやなぎはら》の岸辺である。西本願寺《にしほんがん》に隣接していて、伽藍《がらん》の屋根の向こうに、黄ばんだ西日が輝いて見えた。

山野辺は野次馬を掻き分けて、岸辺に出た。

「これでございます」

すでに来ていた土地の中年の岡っ引きが、手招きをした。すでに陸に上げられて、戸板の上に寝かされている。

地べたには、どこから飛んできたのか桜の花びらが数枚落ちていた。

藁筵《わらむしろ》が捲られると、人足とおぼしい姿の二十代半ばの逞しい体つきの男が横たわっていた。日焼けした面長の顔で、鷲鼻の持ち主だ。顔は驚愕《きょうがく》の気配を残して歪《ゆが》んでいる。

山野辺は死体を検めた。

肩から胸にかけて袈裟《けさ》に斬られている。それ以外に外傷はなかった。水を飲んだ気配もない。惨殺されてから、海に落とされたものと推察できた。手練《てだ》れの者が、一撃で斬り捨てたとおぼしい見事な斬り跡だった。

「酷いことをするな」

殺されたのは、侍ではない。事情は分からないが、鷲鼻の男はまともな反撃もできないまま殺されたに違いない。

衣服を検めたが、身元を明かすような品は何も出てこなかった。

「この者に、見覚えはないか」

野次馬たちに、顔を見せた。しかし皆が、首を傾《かし》げるばかりだった。

腕に筋肉が付いていて、掌の皮が厚い。顔だけでなく、体も日焼けしていた。それも長年月をかけた赤銅《しゃくどう》色になっている。

「荷運びの人足か」

「艪《ろ》を握る、船頭かもしれません」

山野辺の問いかけに、岡っ引きが応じた。すでに岡っ引きの手先の者が、築地界隈を巡って目撃者がいないか聞き込みをしている。

「ただ今日は風が強くて、海上には靄も出ていました。海の上の出来事ならば、何があっても気がついた者はいないかもしれません」

岡っ引きはそんなことを言った。

遺体を、いつまでも岸辺に置いておくわけにはいかない。ともあれ町の自身番《じしんばん》へ運んだ。

そして山野辺は、似面絵《にづらえ》を描く絵師を呼んだ。死んだ男の顔を、写させたのである。

日が落ちて、夜も深まって行く頃、聞き込みをしていた手先の者たちが帰ってきた。

「変事が起こっている舟を見たという者はいません。靄の中を、舟で出た者はありましたが、不審なことはなかったと話しています」

「そうか」

町の主《おも》だった者にも、顔を見せた。しかし身元は分からない。築地界隈の者ではなさそうだった。

町の者が香炉と燭台《しょくだい》を用意し、線香を上げた。身元捜しは明日以降になる。押し付けられた事件だが、面倒なことになりそうだった。

五

下谷広小路にある高岡藩上屋敷の奥の仏間では、毎朝の行事として当主夫婦と世子の夫婦が、先祖の位牌に読経を行う。当主の正国は大坂へ赴いているので、正室の和《かず》、正紀と京の三人が顔を合せる。

たとえ夫婦の間が気まずい状況になっていても、病でもなければ、行かないわけにはいかない。黙礼だけで、目を合わさない日もある。同じ部屋で夜を過ごしたときは、連れ添って向かう。

姑の和は、高岡藩先代藩主正森《まさもり》の娘だ。おっとりとした姫様育ちで、絵を鑑賞し、自らも絵筆を握る。奢侈《しやし》の癖もあるので、奥向きの経費を削るのには、勘定方も苦労をする。

とはいっても、気難しい者ではない。

「昨日の風で、庭の桜もずいぶんに落ちました。しかし枝に残っている花は、見事に開きましょうぞ」

と、気さくに声をかけてくる。正紀にとって、日々の中では手のかかる姑ではなかった。

和が自室へ引き上げた後、正紀と京は廊下から庭を眺めた。昨日とは打って変わって、爽《さわ》やかな春の日差しが、庭を照らしている。桜は五分咲きといったところだ。

「一昨昨日《さきおととい》の、尾張屋敷での茶会は、目の保養になりました」

京は、まだ興奮が冷めやらないといった口調で言った。前日の支度と、当日の客あしらい、片付けの指図《さしず》と、忙《せわ》しなく過ごした。竹腰家の母乃里と共に、茶室の一つを受け持ったのである。

尾張徳川家の、秘蔵の茶道具に触れた。掛軸や釜、花器や茶碗はもちろん、茶杓《ちゃしゃく》にいたるまで、由緒《ゆいしょ》のある品を使った。茶の湯を嗜《たしな》む者ならば、どれも垂涎《すいぜん》の的《まと》といっていい。

扱いに気苦労はあっても、それに勝る喜びがあったようだ。

尾張徳川家とは血縁のある者として、京が秘蔵の茶器に触れられる機会は少なくない。しかしそれでも、初めて目にする逸品があったらしかった。

「それは何よりだ」

正紀にしてみれば、京が満足することは大きな喜びだ。祝言を挙げて半年にもならないが、少しずつ心を繋げてきた。

大名家同士の婚儀だから、互いに惹かれ合って夫婦になったわけではない。祝言を挙げるまで、ろくに話をしたこともなかった。そもそも京は、二つ年上である。目下の者へ告げるような物言いも、正紀は気に入らなかった。

ただ京は、正紀が高岡藩のために杭二千本を用意したり、下り塩を高岡河岸に中継させるために奔走したりしたことについては、評価をしているらしかった。愛用の黒の楽茶碗を、茶道具の老舗《しにせ》の主人を呼んで売却した。その金子で、正紀の危急を支えたのである。

こちらから頼んだのではなかった。母に似て、奢侈を好む部分がある。しかし藩財政の窮状が分かるにつれて、様子が変わってきた。国許の事情についても、関心を持つようになった。

とはいっても、まだまだ気心の知れないところもある。ぷいと臍《へそ》を曲げられて、三日も四日も、口をきいてもらえないことがあった。正紀が言った何かを気に入らないらしいのだが、その原因が分からないから厄介だ。

「女の扱いは、たいへんだ」

と感じる。

「当家でも、茶会を催したく存じます」

「ほう」

何を言いだすのかと思いながら、次の言葉を待った。

「尾張様では、茶釜と茶碗を貸してくださるそうです。軸は、母上様のお品を使います。ただ、水差しはこちらで用意をしなくてはなりません」

「当家にも、あるな」

「はい。しかし借り受けたお道具に見合うものではございません。求めなくてはならないかもしれません」

「なるほど。物入りだな」

苦々しい顔になったのが、自分でも分かった。取手河岸の戸川屋から、百二十七両の返済を求める請求があったばかりである。期限も迫っているから、早急に手当てをしなくてはならない。

そこへ面倒な話を持ってこられたと感じたのである。気楽なものだと、呆れる部分もどこかにあった。

京はそれについて、言い返すことはしなかった。ただ顔から笑みが消えて、そのまま去ってしまった。自分の返答とその折の表情が気に入らなかったのだと、正紀はすぐに分かった。

藩の財政状態から考えれば、こちらの反応は当然だ。しかし京は、水差しをぜひにも買いたいと言ってきたわけではなかった。

「きついことを、口にしてしまったかな」

後ろ姿が見えなくなったところで、正紀は少し後悔をした。同じことでも、もう少し違う言い方をすればよかった……。

しかし今となっては、後の祭りだった。

夫婦の気持ちは、まだきちんと伝わり合っていない。ふうと、ため息が漏れた。


正紀は、中奥にある佐名木の執務部屋へ行く。ここにはすでに、江戸の勘定頭井尻《いじり》又十郎《またじゆうろう》が姿を見せていた。

十二畳の部屋で、奥に文机《ふづくえ》がある。壁の違い棚には、たくさんの綴りが積まれていた。佐名木と井尻の膝《ひざ》の前にも何冊かの分厚い綴りが置かれていて、それは勘定方から運ばれたものだとわかった。

戸川屋からの請求について、どのような処置をするのか。そこを明らかにしなくてはならない。放っておけば、高利の利息が押し寄せてくる。

四十七歳になる井尻は帳付けや算盤《そろばん》には秀でているが、極めつけの小心者だ。

「勘定方は、それくらいで丁度よいのでは」

佐名木は言うが、危急の場合には臨機応変な対応ができない。

国許の家老児島は、おろおろするばかりだ。『お指図をお待ちいたしたく候』との文が届いている。江戸へ押し付けて、逃げる算段だと見えた。責めたところで始まらないので、三人で策を練ることにしたのである。

そもそも戸川屋からの請求は、昨年の杭二千本や納屋の誘致に要した金子とは性質が違う。前の二つは藩のために必要ではあっても、喫緊《きっきん》の課題ではなかった。藩庫からの出費ではない。

しかし戸川屋からの百二十七両は、園田が処理を任されていたとはいえ、藩が借り受けた金子に変わりがなかった。

「早々に返したいと存じまするが、他からも借りておりますので、身動きが取れません」

まずは井尻が口を開いた。綴りを開いて、借入残高が記されている部分を指差した。

藩の年貢米を換金している御用達《ごようたし》は深川《ふかがわ》堀川町の安房《あわ》屋で、その米を輸送している船問屋は同じ深川の伊勢崎《いせざき》町にある俵《たわら》屋だった。しかしこのどちらからも、藩はすでに高額の借金をしていた。

「御用達ということで、利息は抑えたものとなっております。頼めばさらに貸さぬこともないでしょうが、利率は高くなると思われまする」

「高くなっても、戸川屋の一割五分よりは低かろう。ならば借り換えるしかあるまい」

「それはそうですが、安房屋や俵屋に借りができますぞ」

正紀の言葉に、佐名木は渋面で応じた。安房屋や俵屋は、戸川屋のように藩や正紀に対して悪意を持っていない。しかし善意だけで金を貸すのではなかった。したたかな商人である。多額の金を借りてしまうと、藩政に口出しをされかねない。

「まずは、支出を絞るしかあるまい。屋敷内の諸修理を先延ばしし、買い入れる品の改めをする」

「ははっ。節季の祝い事や年忌の法事なども、控えめにいたさねばなりますまい」

佐名木の言葉に、井尻が応じた。とはいっても、将軍家への献上や他家との付き合いは、格式を守らなくてはならないから、いたずらに節約ばかりはできないのが実情だ。

「奥向きの費えも、控えていただかなくてはなりませぬぞ」

「そうだな」

正紀は、朝した京とのやり取りを思い出しながら頷いた。尾張藩の茶道具に見合うような水差しなど、買えるわけがない。

お長屋の修築と母屋の屋根瓦《がわら》の一部葺《ふ》き替えを止め、畳替えも延期する。さらに小さな節約の項目を上げた。低利な借金については、返済を伸ばすなどの処置を行う。思い切って、ばっさり切り捨てたつもりだった。

「それでどれほどの金ができるのか」

正紀が告げると、井尻は算盤を弾いた。

「三十一両と少々でございます」

「そ、そうか」

たった、と言いたいところだが、それは呑み込んだ。佐名木も井尻も、同じ気持ちだろう。まだ九十六両が足りない。

「さらに戸川屋は、もう一つ念を入れた仕打ちをしてきました」

「何か」

聞きたくないが、聞かないわけにはいかない。佐名木の顔に、正紀は目をやった。

「高岡河岸の納屋ですが、閉じたいと申してきました」

「かまわぬではないか」

苛立たしさをこめて、正紀は言った。

「いや、それは困るのです」

井尻が珍しく言い返した。

「どういうことか」

「あの納屋が使われぬとなりますと、戸川屋からの運上金と冥加金が入らなくなりまする」

年で数十両の実入りが減る。勘定方にしてみれば大打撃だ。

「なるほど、やってくれるではないか」

正紀は戸川屋忠兵衛の狸顔《たぬきがお》を思い出した。京との祝言の折に、祝いの品を持参してきた。そのとき顔を見た。

ここで井尻が、片膝を前に出した。切羽《せっぱ》詰まったといった顔で、口を開いたのだ。

「百両を、返済期限に縛られず、低利で借りられるところはございませぬか。尾張様のご縁で」

「ううむ」

尾張徳川家を頼れ、と言ってきたのである。

井尻にしてみれば、尾張徳川家は御三家の筆頭で、金には困っていないとの計算があるのだろう。しかしそれはできない相談だった。堤普請のための杭二千本でさえ、やっとのことで出してもらった。

実家の竹腰家からは、井上家のことは井上家で始末をしろと言われている。正紀は、縁筋の大名家を頭に浮かべた。叔父の内藤政脩は日向延岡藩七万石の当主だが、この藩は十万両にも及ぶ借財で苦しんでいる。叔母品が正室となっている常陸府中藩二万石は、昨年に続く凶作だ。どこも汲々《きゅうきゅう》としていた。

「それがしが、思い当たる商家を、当たってみましょう」

佐名木が言った。呼び立てるのではなく、自ら足を運んで金策を講じるのである。児島や井尻のように、人に押し付けるような真似を佐名木はしない。

「ただ正紀様にも、考えていただかなくてはなりませぬ」

要求もしてくる。汗をかけと、告げられたのだ。

六

山野辺は杭から引き上げられた惨殺死体について、翌日も調べを続けた。築地一帯はすでに聞き終えたので、鉄砲洲界隈を歩いた。

本来の役割ではないが、受け入れた以上、ある程度のことはしなくてはならないと考えていた。惨殺死体が目に焼き付いている。

「なぜあのような殺され方をしたのか」

亡くなったのは縁もゆかりもない者だが、気になった。

住人だけでなく、この町で働く人足や船頭にも問いかけた。絵師に描かせた似面絵を見せた上でだ。

「そういえば、どこかで見かけたような気がするけどねえ」

と言う者はいた。しかしではどこの誰かと問いかけると、「さあ」と言葉を濁した。

「昨日の海上は、ずいぶんと靄が出ていました。波も荒かったですからね、船も少なかった。どこで何があっても、気づかなかったんじゃないですか」

江戸前の海で、船による事件事故があったという話をする者はいなかった。

「ここんところ、無宿人が関わる悶着が多くて、気になっていたのはそっちの方ですよ」

築地や鉄砲洲、霊岸島あたりでも、得体の知れない浮浪者が目につくようになっている。

「蠅《はえ》みたいなもんでしてね。追っ払ったって、すぐに湧いて出てくる」

町の荒物屋の主人はそう言った。

そこで山野辺は、霊岸島に足を踏み入れた。下り酒を扱う新川《しんかわ》河岸や塩、醬油問屋が並ぶ新堀川があるから、船頭や人足の数はこちらの方がはるかに多い。

ただ屈強な体さえあれば誰でもできる人足は、日々に増えている。余所者《よそもの》も大勢入っているので、手間はかかるかもしれないがそれは覚悟をした。

「さあ。こんなやつ、知らねえねえ」

という返答を七、八人から聞いたところで、「おやっ」と似面絵を目にして異なる反応を見せた者が現れた。中年の荷船の船頭である。

「これは、熊吉じゃねえか」

似面絵をじっと見て、声を漏らした。そっくりとは言い難いが、鷲鼻のあたりはよく似ているそうな。苦悶の顔を写したのだから、実際と違うのはある程度は仕方がないと山野辺も思っている。

「どこの者か」

「七十五石の荷船で水手をしているやつさ。船頭は酉蔵という者だ」

新堀川の北河岸、日本橋北新堀町の下り塩仲買問屋大松屋の荷をよく運んでいると教えられた。

山野辺はさっそく、新堀川を北へ渡って大松屋へ足を向けた。

河岸道に面した間口五間半の店で、建物には老舗らしい風格があった。下り塩仲買問屋とはいっても、醤油や味噌も扱っていると看板には記されていた。

「いらっしゃい」

敷居をまたぐと、そう声は掛けられたが、店の中はそわそわしている印象だった。主人と番頭らしい者が、店の奥で立ち話をしている。土間では手代が困惑の眼差しで立っている。

「何があったのか」

山野辺は、まずその手代に問いかけた。

手代ははっとした顔で、腰に差している十手に目をやった。そして縋《すが》り付くような目を向けてきた。

「に、荷船が戻ってきません」

「どういうことか。詳しく話してみろ」

と告げると、主人と番頭とおぼしい者も駆け寄ってきた。主人は亀八郎《かめはちろう》といって四十をやや超える年頃だと思われた。

「西国の醤油七十石を仕入れましてございます。そこで昨日、嵐の中ではございましたが、酉蔵という船頭に、品川沖からの輸送を頼みました。しかしそれきりで、今日になっても戻りません。案じていたところでございます」

「町方には、届けなかったのか」

「界隈を見廻る同心や土地の御用聞きには話しましたが、何しろ今は無宿人の取り締まりで、それどころではないご様子で。困っていたところでございます」

店でも、手をこまねいていたわけではない。人をやって捜させたが、酉蔵が持つ酉猪丸という七十五石積みの船の行方は知れなかった。

「品川沖に停まっている千石船にも問い合わせました。しかし七十石の醬油は、すでに持ち出されているとのことでございました」

醬油を積んだ船は、荷と共に行方を消したのである。

「ならば、これを見てみよ」

山野辺は、似面絵を見せた。

「こ、これは。酉猪丸の水手ではありませんか」

亀八郎は言った。手代も傍によって、似面絵を覗き込んだ。そして目を丸くして、大きく頷いた。

「熊吉さんです」

「この男は殺されて、昨日築地の海の杭に引っかかっているのを発見された。肩から胸にかけて、ばっさりやられていた」

「……………」

店の者たちは、驚きの中で目を見合わせた。

「斬られた後で、水に落とされた。不審な船がなかったか聞き込んだが、昨日は海上一面に靄がかかっていた。捜せてはおらぬ」

山野辺は告げた。

斬殺された熊吉は、七十石もの醬油樽を積んだ荷船西猪丸の水手だったという。船に変事があったのは明らかだ。

まず頭に浮かんだのは、船頭が醬油を持ち逃げしたのではないかということである。前にも、輸送をしていた下り塩を奪って逃げた船頭がいた。

「西蔵とは、どういう男だ」

「あの人は、確かな仕事をする船頭さんです。間違いは一度もありません。だからお願いをしたのです」

霊岸島内の北新堀大川端町に住まいがあって、女房と二人の子どもがいる。西猪丸は西蔵と弟の猪蔵が共に運航をして、水手として熊吉を使っていたと手代が言い足した。

「ならば女房と子どもは、姿を消していないのだな」

「はい。家にいて、行方を案じています」

醤油を奪って逃げるつもりならば、連れて行くだろう。

「仕入れた下り醤油は、常陸の地廻り問屋に卸さなくてはならない品でございます。酉蔵さんや猪蔵さんの身柄ともども、取り返してはいただけないでしょうか」

必死の眼差しを向けられた。

店では信用問題に関わるので、仕入れ直しの早飛脚を出した。しかし樽廻船による輸送は、潮や風の流れによって、日にちがはっきりしない。納品には三月二十日という期限があるので、何としても取り返したいのが大松屋の願いだった。

「下り醤油ならば、すでに江戸にある品を集めればよいのではないか」

これは山野辺の疑問である。高積見廻り与力として、下り醤油が入荷する様子は折折目にしていた。

「いえ、それはできません。私どもが仕入れたのは、播磨龍野の極上品でございます。品質を上げて、拵えた新商品で、江戸では当店が初めて仕入れました」

「なるほど。となると七十石で、いかほどになるのか」

「醬油の代金と、輸送の代金を合せますと、少なく見積もっても百二、三十両以上にはなります」

「それは大きな額だな」

山野辺は驚きの声を上げた。

七十石の極上の下り醬油を奪った者がいるとすれば、それは転売目的か商売仇による邪魔だろうと思われる。ただそれが船頭の酉蔵や猪蔵であるかどうかは分からない。

まずは大松屋が、何者かに恨まれていないかなどを問いかけた。

「商いをしておりますので、それなりに悶着《もんちゃく》が起こることもあります。しかし水手が殺されて、荷が奪われるほどの恨みを買っているとは思えません」

「では、商売仇はどうだ。大松屋を、邪魔だと思う者はいるのではないか」

そう告げると、亀八郎はどきりとした顔になった。覚えがないわけではなさそうだった。

「いるのならば、名を言ってみろ」

「しかし……」

言い渋った。人を殺して荷を奪ったとなれば、大罪である。証拠もなくて名を口にするのは、さすがに憚《はばか》られるらしかった。

「ここだけの話だ。他には漏らさぬ。聞かねば、調べが進められぬからな」

これは山野辺の本音だ。

亀八郎は、渋々頷いた。

「同じように下り醬油を扱う問屋の津久井屋《つくい》さんかもしれません。他にもあるかもしれませんが」

「なぜそこだと思うのか」

「それは」

しばし考えてから、亀八郎は続けた。

「うちは昔から、常陸でも鬼怒川や小貝川流域を販路としております。津久井屋の得意先と重なります。それで何年も前から、悶着が起こっておりました」

「顧客を、取ったり取られたりしたわけだな」

「というか、うちが奪われております。そこでこの度は、龍野の極上品を仕入れたのでございます」

土地の破落戸《ごろつき》を使って輸送の邪魔をする、悪評を流すなど、いろいろやられたとか。

「悪評とは」

「下り醬油は、総じて淡口です。龍野の醬油は、特にそれを売り物にしています。でも色が薄いのは、水と塩を交ぜて誤魔化《ごまか》しているからだ。そんなものに高い金を出すのはおかしい、とまあ触れ歩かれました」

ただそうした嫌がらせをしたのが津久井屋だと、確かな証拠を握っているわけではない。

「他にはないか。思いがけない者が、潜んでいるかもしれぬぞ」

「そうですね」

西蔵が船を持つ前までは、深川相川《あいかわ》町にある船問屋天河《あまかわ》屋を使っていた。顧客を取られたわけだから、恨んでいるかもしれない。しかし水手を殺して船を奪うまではしないだろうと話した。

そこで山野辺は、北新堀大川端町の西蔵の家にも行った。大川の河口に面した町である。江戸前の魚を獲る漁師や、中小の船持ち船頭の住まいなどが並んでいた。

住まいとしては大きなものではない。声をかけると、三十をやや過ぎた年恰好の女が、幼子を背負《しょ》って出てきた。西蔵の女房で、お吉という者だと名乗った。

船出したまま帰らぬ亭主を案じているからか、やつれた青ざめた顔をしていた。

山野辺はまず、惨殺された男の似面絵を見せた。築地の海で、杭に遺体が引っかかっていたことを伝えた上でだ。

絵を目にすると、体をぶるっと震わせた。

「こ、これは、熊吉さんです」

お吉は証言した。目にみるみる涙が浮かんだが、嗚咽を漏らしたわけではなかった。

昨日の朝は強い風が吹いていたが、船を出せないほどではなかったとかで、三人で出て行ったと告げた。弟の猪蔵と熊吉も、同居をしていたとか。

「そのとき、変わった様子はなかったか」

「ありません。いつもと同じでした。風が強かったので、気をつけるようにとは言いましたが」

思い出す顔で、お吉は掠《かす》れた声を出した。むずかってもいない背中の子を揺すった。

「熊吉と酉蔵、あるいは猪蔵の仲は、どうだったのか」

「よかったです。一人でも欠けたらば、船が出せなくなるって、いつも話していました」

「三人の他には、誰か乗っていなかったのか」

熊吉を斬ったのは、侍だ。町人では、あの見事な袈裟懸けはできないと山野辺は感じている。

「いません。私は、酉猪丸が出て行くのを見送りました」

ならば斬殺した侍が船を襲ったか、熊吉が酉猪丸を降りたかしたことになる。もちろん、酉蔵や猪蔵がどうなったかは不明のままだ。

「酷《こく》なことを聞くようだが、亭主は醬油を積んで、どこかへ逃げるようなことはありえないか」

「そ、そんなことは、あるわけがありません。あの人は、そりゃあもう、子どもを可愛がっていました」

お吉は、確信のある面持ちで首を横に振った。

「七十石の下り醬油を運ぶことを、他に知っている者はいたか」

「さあ、わざわざ話してはいないと思います。でも樽廻船の船頭や水手、大松屋さんの手代や小僧さん、荷下ろしをすることになっていた人足たちは、知らなければ動けないはずです」

西国からの樽廻船や大松屋の動きに注意をしていたら、無縁の者でも知ることができたという話になる。

「深川相川町の船問屋天河屋とは、何か悶着が起こってはいないか」

「さあ。酉猪丸を始めた頃には、いざこざはありましたが、今は何かがあったとの話は聞きません」

お吉からも、酉猪丸と酉蔵、猪蔵の行方を捜してほしいと、何度も頭を下げられた。

七十石の醬油を積んだ船と二人の船頭が、靄のかかった海上で忽然《こつぜん》と姿を消してしまった。そして水手の斬殺死体だけが現れてきた。

「とんでもない事件ではないか」

山野辺は、ふうと大きな息を吐いた。

第二章　淡口の味

一

「霊岸島へ参る。供をいたせ」

「ははっ」

正紀が声をかけると、植村仁助《うえむらにすけ》は嬉しそうに返事をした。

植村は元今尾藩士で、正紀付きの中小姓《ちゅうごしょう》だった。正紀が高岡藩に入るにあたって、直属の家臣として移ってきた。家禄三十五俵の軽輩だが、堤普請や塩の輸送では、命懸けの働きをした。

身長が六尺（約百八十センチ）もある大男で、丸太のような腕を持っている。並外れた膂力《りょりょく》だけはあるが、剣術は今一つだった。

「向かうのは、下り塩仲買問屋の桜井屋ですな」

桜井屋は元々、行徳《ぎょうとく》の地廻り塩問屋だったが、いまや下り塩仲買にまで手を広げていた。その江戸店が、霊岸島富島町《とみじま》にある。桜井屋の隠居長兵衛《ちょうべえ》夫婦とは、利根川を進む船の中で知り合った。それがもとで、深いかかわりを持つようになっている。

高岡河岸には桜井屋の納屋があって、下り塩を中心に桜井屋が扱う商品の中継場として機能していた。高岡まで一括して運ばれた商品は、鬼怒川や小貝川方面、銚子《ちょうし》や霞《かすみ》ケ浦《うら》、北浦《きたうら》の方面に分けられ、輸送がなされてゆく。

荷入れや荷下ろし、種別分けをするのは土地の者だから、村に銭が落ちる。高岡藩にも運上金や冥加金が入るので、正紀や佐名木は河岸をさらに発展させたいと考えていた。

「これはこれは、若殿様、植村様」

桜井屋の江戸店を任されているのは、番頭の萬次郎《まんじろう》だ。歳は若いが、塩や醤油といった下り物の商いには精通している。元々は萬次郎の父親萬蔵《まんぞう》が伊勢《いせ》屋という下り塩仲買問屋をしていた。長兵衛が店舗と下り塩の仕入れ一切、及び常陸や下総の顧客を引き継いで、ここを桜井屋の江戸店にした。

萬次郎は長兵衛の眼鏡《めがね》にかなって、番頭として働いている。下り塩の商いが順調に推移しているのは、高岡河岸の利用具合を見れば明らかだった。

「いや、ちと頼みたいことがあってな」

正紀は来意を伝える。店の奥にある部屋へ通された。出された茶を一口飲んだところで、話を始める。

「実は思いがけない借金の返済を求められた。返さねば、四月からは年二割五分の高利を払わなければならぬ」

高岡藩の逼迫した財政事情について、萬次郎に伝えたことはない。しかし高岡河岸の納屋建築や堤普請については詳細を知っているので、高岡藩の懐具合については、おおよその見当をつけているだろうと踏んでいた。だから正紀は、百二十七両が必要になった理由の大まかを伝えるのには抵抗がなかった。

またいくら親しくても、ただ金を貸せと告げて、はいそうですかと出す相手でないのは分かっている。

「そこでだ。二十両でも三十両でも、期限を定めず年五分以内の利息で貸してはもらえぬかと、頼みに参ったのだ」

「さようで」

萬次郎は、顔色を変えずに言った。虫のいい話だと受け取られても不思議ではないが、それは態度に現さない。

わずかに考える仕草《しぐさ》を見せてから、言葉を続けた。

「他ならぬ井上家の御為ですから、ご用立てをしたいところでございますが、低利で無期限というのは無理でございます。金子の貸し借りは、商いでございますゆえ」

きっぱりと言った。人情と商いは別だと、告げてきたのである。

「まあ、そうであろうな」

当然の話だから、きっぱり断られる方が気持ちはすっきりした。桜井屋は行徳の分《ぶ》限者《げんしゃ》だが、それは情に流されずに商いを続けているからに他ならない。

「ただ若殿様のお申し出については、行徳へお伝えいたします」

萬次郎はそう言った。

駄目だろうとは分かっていたが、それでも万に一つは、という甘い気持ちがあった。

「はて、どうしたものか」

通りに出てたたずむと、春の風でどこからともなく桜の花びらが飛んできた。うららかな日和《ひより》だ。

「どういたしますか」

植村が問いかけてきた。金策に行く、ということは伝えてあった。道々事情も話している。

「そうだな」

桜井屋が駄目ならば、他に行くあてはない。親族の大名家や旗本家も、金を借りられるとは思われなかった。

さえない足取りで新堀川を渡った。箱崎町《はこざきちょう》へ出たところで、声をかけられた。

「おい、どうした。冴えない面をしているではないか」

腰に十手を差し込んだ、山野辺蔵之助だった。

「おお、久しぶりだな」

正紀は、どこかほっとした気持ちで返事をした。

山野辺とは同い年で、麹町《こうじまち》にある神道無念流《しんとうむねん》戸賀崎暉芳《とがざきてるよし》の道場で剣術を学んだ幼馴染である。共に腕を磨き、免許を得た。部屋住みだった頃は、植村を交ぜて酒を飲んだり盛り場に出たりした。

身分の上では違いがあったが、「おれ」「おまえ」の仲で付き合ってきた。正紀は高岡藩に入り、山野辺は北町奉行所へ出仕をして、互いに多忙の身となった。たまに道場へ稽古に出ても、なかなか出会う機会がないままに過ごしていたのである。

「何で、このようなところに」

「桜井屋へ金の無心に行って、断られたところだ」

「高岡藩の懐は、相変わらず苦しいわけだな」

山野辺は、遠慮のないことを口にした。

「おまえは、高積の見廻りだな」

この近辺には、各種の問屋が揃っていて、少なくない荷の積み下ろしがある。

「いや、そうではない。近頃定町廻りは、無宿人の対応で手が回らぬ。それで殺しの一件を押し付けられたのだが、これが厄介でな」

頭をぼりぼりと掻きながら、山野辺は言った。

「どういう事件だ」

「聞くか。長いぞ」

と言われてやや怯《ひる》んだが、気晴らしに聞いてみようかという気持ちになった。土手に甘酒を飲ませる屋台店が出ていたので、三人で縁台に腰を下ろして、飲みながら話を聞くことにした。代金を払ったのは正紀だ。

「醬油を満載にした船が、靄の中に消えたのだ」

うまそうに甘酒を啜《すす》ってから、山野辺は言った。正紀と植村は、ここで詳細を耳にしたのである。

「七十石の龍野醤油か。それは消えたのではなく、奪われたわけだな。それでどう調べを進めるのか」

「とりあえずは酉蔵ら三人の動きと、津久井屋について洗ってみるつもりだ」

山野辺は応じた。龍野の下り醤油といわれても、このときはさして気にも留めなかった。すでに茶碗の甘酒は空になっている。

「まあ、互いにしっかりやろう」

ということで、山野辺とは別れた。


夜、正紀は京の部屋へ行こうとしたが、「気分がすぐれぬとの仰せでございます」と断られた。奥女中が伝えてきたのである。

へそを曲げたり、不満なことがあったりすると、「気分がすぐれない」という話になる。

「そうか」

無理強《むりじ》いはしたくない。一人で過ごすことにした。

朝、茶道具のことで、強い言い方をしてしまった。こうなるかもしれないと思っていたが、予想が当たった。

同じことを言うにしても、もう少し違う言い方をすればよかったとの後悔がある。だから今夜は、それについて話をしようと考えていた。

「これでは、話のしようがないな」

今日のところは、あきらめるしかなかった。とはいっても、このままにはしない。機会を得て話すつもりだ。

「京は、おれを拒絶してはいない」

と正紀は思っている。塩運びのために江戸を出、密かに高岡へ出ていたときは、来客があっても急な病だと告げて、表沙汰にならないように配慮をした。大事な茶器を手放して金子を拵えてもくれた。

ただ互いに、まだ許しきれない部分がある。正紀はそれを、仕方がないとは思わない。家と家が決めた祝言でも、生涯添い遂げる妻だと思っている。

溝を埋めたい気持ちは強かった。高飛車な一面はあっても、京のよいところが、少しずつ見えてきているからだ。

二

翌日山野辺は、下り塩と醬油を扱う津久井屋へ行った。深川今川町《いまがわ》で、仙台堀《せんだいぼり》の南河岸に店がある。間口は五間、横手に納屋が並んでいた。

このあたりには、荒川《あらかわ》や中川《なかがわ》、江戸川を使って商いをする各種の問屋が軒を並べている。凶作不作とはいっても、人は食べなければ生きてはいけない。米だけではない様々な物資は、江戸に集まりそして運ばれてゆく。

大小の荷船が、堀を行き来していた。

仕事待ちの人足が、河岸にたむろしている。江戸へ流れてくる無宿人が多いから、仕事にあぶれる者も出てきて喧嘩《けんか》騒ぎになることもある。ただそれ等の者は、働く意欲のある者たちだ。盗みや強請たかりをする者たちとは違う。

津久井屋は、活気のある店だった。醬油の四斗樽が、納屋に運ばれている。人足たちの掛け声が、春の空に広がってゆく。二十一、二といった歳の手代が、帳面を手にして数をかぞえていた。

荒くれ者を使うからか、荷運びの場では三十歳前後の浪人者が見張りに立っている。

人足たちを睨みつけていた。腰が据わっていて、隙のない立ち姿だ。山野辺には、それがなかなかの遣い手らしいと感じられた。

近くに寄ると、醬油のにおいがぷんと漂ってくる。

納屋への荷入れが済んだところで、山野辺は手代に声をかけた。

「商いは、繁昌しているようではないか」

「いえいえ、それほどではございません。かつがつでございます」

手代は山野辺の腰にある十手を目にしてから、慇懃《いんぎん》に答えた。

「これはどこの醬油か」

「紀州湯浅《きしゅうゆあさ》からの下り物でございます。今朝がた江戸に着きました」

奪われたのは、同じ下り物でも播磨龍野の醬油だと聞いている。だとすれば盗品ではない。そもそもそれならば、白昼に納屋入れなどしないだろう。

「下り物の醬油というのは、いろいろな産があるのか」

これくらいは知っておこうと尋ねた。山野辺にしてみれば、醬油など自らが食用に使うだけで、詳しいことは何も知らない。

「はい。ありますが、おおむねは紀伊《きい》湯浅や播磨龍野からでございます。備前児島《びぜんこじま》や讃岐小豆島《さぬきしょうど》からの荷もございます」

「地廻りの醤油はないのか」

「うちでは扱っていませんが、下総の野田や銚子でも造られています。伸びてきてはいますが、味でも量でも下り物にはかないません。その下り物の中でも一番なのが、湯浅の醤油です」

胸を張って言った。店の木看板には、『湯浅醤油』の文字が太く大きく墨書されている。

「年にどれほどの量が、西国から江戸へ運ばれているのか」

探索には関わりがないが、聞きたくなった。

「かけたり、つけたり、煮物にも使います。蕎麦の汁にもなります。近頃では野田や銚子の産も出てきましたが、まだまだです。少し前の享保《きようほ》（一七一六—三六）あたりでも、下り醤油は年に十三万樽ほどが江戸に入津《にゆうしん》しています」

「なかなかの量だな」

「もちろんそれは、江戸だけでなく野州《やしゆう》や常陸、房州《ぼうしゆう》へも運ばれて行きます。酒や塩と同じでございます」

「津久井屋は、どこへ売るのか」

「常陸に顧客があります」

「日本橋北新堀町にある大松屋も、商う下り醬油は常陸で売るそうだな。商売仇ではないか」

と言ってみた。注意深く、山野辺は手代の顔を見ている。

「さようで。でもあそこは湯浅産ではなく、龍野産を売っております。湯浅産の方が品がいいので、こちらの方に乗り換えるお客さんも少なくありません」

怯む気配もなくそう言った。七十石の醬油が奪われたことを、知らない口ぶりだった。問屋によって、仕入れ先も異なると付け足した。

「下り物の醬油と地廻りの醬油では、値や味の違いはどうか」

「遠路を船で運ばれてきますので、下り物は値も張りますが、味の深みが違います。そもそも銚子産は、紀州の醬油造りの技が伝えられたものです。湯浅醬油は、伝統の味でございます」

手前味噌もあるだろうが、下り醬油が商いとして定着していることは想像がついた。

「では津久井屋では、龍野の醬油は仕入れないのか」

「はい。その話は聞いておりません」

手代は言った。

そこへ羽織《はおり》姿の三十代半ばと二十代半ばといった歳の二人が、店の前に立った。番頭と手代といった気配である。話をしていた手代は、気づいて慌てて頭を下げた。

「お帰りなさいませ」

と声をかけたのである。

二人は山野辺に黙礼をすると、店の中に入った。どちらもやり手といった様子で、油断のない目をしていた。

「今のは誰か」

「はい。番頭の伴造《ともぞう》さんと手代の達次《たつじ》さんです」

伴造は赤ら顔で、狸を彷彿とさせる面差しだ。達次は鼻筋が通っていて、賢そうにも油断のならない者のようにも見えた。

「あの二人が、店の屋台骨を担っているわけだな」

「そうです。どちらも、常陸へはよく行きます」

店の中を覗くと、二人は四十歳をやや過ぎた恰幅のいい羽織の男に挨拶をした。そして伴造の方が、何か話を始めた。

「あれが主人だな。名は何というのか」

「庄右衛門《しょうえもん》でございます」

「厳しいか」

「ま、まあ」

言葉を濁した。そして頭を下げると、店の中へ入って行った。

山野辺は、一軒置いた先の干鰯《ほしか》〆粕魚油問屋《しめかすぎょゆ》の番頭に問いかけた。たまたま店の前にいたのである。津久井屋の評判を聞いておこうと思ったからだ。

「商いは、悪くないと思いますよ。旦那さんも番頭さんも、腰が低くてね。町のこともよくやってくれます」

庄右衛門は、月行事《がちぎょうじ》も務めているそうだ。

「用心棒がいるようだな」

荷運び人足を睨みつけていた浪人者がいた。それを思い出したので口にした。

「あれは功刀弦次郎《くぬぎげんじろう》様という方です。近頃は無宿人が多くて、人足たちと悶着を起こすことが少なくありません。押込みもあったっていうんで、それで雇ったと聞いています。半年くらい前からでしょうか」

番頭は言った。

「腕利きなのだな」

「そうらしいです。あの方がいるお陰で、町内に流れこむ破落戸《ごろつき》が減ったように存じます」

歓迎している気配だった。

「一昨日《おととい》の朝から昼頃にかけてだが、その用心棒は出かけていなかったか」

丁度、酉猪丸が襲われたとおぼしい刻限である。

「さあ、気がつきませんねえ」

これは仕方がなかった。

次いで山野辺は、木戸番小屋の中年の番人にも声をかけた。津久井屋と庄右衛門らの評判と共に、功刀の一昨日の動きについても聞いた。

「一昨日ですか。さあ、昼くらいには顔を見たと思いますが」

功刀については、そう言った。気にかけているわけではないから、一昨日のことでも、記憶はおぼろげらしかった。

店のすぐ裏手にある長屋で暮らしているとか。妻子はいない。店や庄右衛門の評判は、先に聞いた番頭と同じようなものだった。

山野辺は長屋へも行っている。

「あのご浪人がいたかいなかったかなんて、分かりませんよ。戸が閉じてあったら、中を覗くわけじゃありませんから」

「でもあの人、寝ているんじゃないですかね。何にもなけりゃあ、昼近くまで寝ていることもありますよ」

井戸端にいた女房たちは、そう応じた。陰気な侍で、ろくに話もしないと口を揃えた。

さらに山野辺は、隣町にある塩と醬油の小売りの店へ行った。ここは津久井屋からの仕入れをしていないが、商いのやり方について聞いたのである。

「湯浅の醬油は、地廻りの品と比べて割高です。でも味がいいと、好んで買う客もいます。津久井屋さんは、納期もきっちりしていますし、高く売りつけるわけでもありません。ただ支払いは厳しいと聞いています」

「主に常陸へ売ると聞いたが」

「醬油は、塩よりも高額ですから、使わなくても暮らせます。ですが醬油の風味がいいという人は、裏長屋の住人でも多数います。江戸から離れたところでも、そして凶作で物の値が上がっているところでも、お足はあるところにはあります。そういった方々は、醬油をお求めになります」

「醬油は、塩よりも利が大きいということか」

「そうです。津久井屋さんは、繁昌しています。伴造さんや達次さんがよく常陸へ向かうのは、商いをもっと大きくしたいと考えているからではないでしょうか」

小売り店の主人は、山野辺の問いかけにそう応じた。

三

京は、母和の部屋へ呼ばれた。奥方付きの奥女中が、伝えてきたのである。部屋に行くと、家老の佐名木と勘定頭の井尻がいた。井尻は分厚い綴りを二つ、膝の前に置いていた。藩の収支を記したものだと察しられた。

和は、不機嫌そうな顔をしている。

庭の桜は、六分から七分の咲き具合になっている。小鳥の囀《さえず》りも聞こえていかにも春らしいが、部屋の中はどこか寒々しい。

四人が揃ったところで、佐名木が一礼して口を開いた。

「此度、新たな支出が避けられぬことと相成り、当家の諸勘定も厳しいものになりました。ご勘案いただき条々がありまして、お伺いをいたしました」

と始めて、戸川屋からの百二十七両の請求について詳細を伝えてきた。和は、そっぽを向いて聞いている。奥向きの費えを減らせという申し出だと、見当がつくからである。

佐名木が窮状のあらましを伝えたところで、井尻が綴りを広げて具体的な話を始めた。

「当家は表高一万石ではありますが、通常の作柄なれば領地より一万二千石の米が採れまする。しかし昨年は凶作にて、七割の収穫しかござりませんでした。およそ八千四百石の収穫でございました」

これは前にも聞いた。東北は飢饉だという話も、耳にしている。

高岡は利根川の水に恵まれ、水害さえなければ稲作には適した土地といえる。幕府は一万石としているが、実高はそれよりも多かった。とはいっても、凶作となれば話は別だ。

井尻はそのまま言葉を続けた。

「四公六民で、年貢として当家に入りましたのは、三千三百六十石ほどでございます。米価は例年に比して上がっておりますが、これを金に換えまするると、六千両をやや上回る金高になりまする。藩士へは二割の借上げを申しつけてはおりまするが、士分と足軽を併せた八十余名へ禄を与え、江戸藩邸と領地陣屋の一年分の費えを賄いまする。またさらなる凶作への、備えもいたさねばなりませぬ」

もちろん藩の実入りはこれだけではない。高岡河岸には納屋があって、ここから運上金と冥加金が入る。しかしこの納屋の一つを営む戸川屋は、閉鎖を申し出てきたと言い足した。

高岡河岸を物資の中継点として活用し、藩の実入りを増やしたいという正紀の願いを、京は聞いている。しかしそれは、まだ端緒についたばかりだった。

諸国凶作によって、米価は上がった。とはいえ、それに応じて様々な物価も上がっている。三千八百石の中から、まずは藩士に禄を与えなくてはならない。それで妻子を養うのである。さらに江戸屋敷と国許の費えを賄うとしたら、資金繰りはどうなるか……。

戸川屋から返済を求められた百二十七両の金子が、藩にとっていかに重いものであるか、京は井尻の言葉で理解した。堤普請のための杭二千本でさえ、出せなかった藩財政の窮状が、見えた気がしたのである。

京はここで、昨日の朝正紀としたやり取りのことを思い出した。

尾張藩上屋敷での茶会の話をした。ついでに当家でも茶会を催したいと告げ、そのためには水差しが必要だと付け添えた。ぜひにもほしいと言ったわけではないが、渋い顔をされた。

京にしてみれば、願望を口にしただけだ。実際には買えなくても、その思いを分かち合ってもらえればそれで満足だった。しかし正紀は生真面目《きまじめ》にとらえて、金子絡みの中で不快感を示したのである。

「こちらの気持ちを、あの人は分かっていない」

と面白くなかった。

ただ井尻から藩財政について話を聞いて、正紀の思いのいく分かは察した気がした。

「あの人は不器用で融通は利かないが、真っ直ぐだ。高岡藩を、何とかしたいと思っている」

それはこれまでの働きを見ていれば、身に染みてくる。あの不愛想《ぶあいそう》な態度と言葉は、胸にある屈託が押し出したものだと京は理解した。

「そこで、でございます。今年するところでございました襖《ふすま》の張替えや什器《じゅうき》の新調を、先送りしていただきたく存じます。衣類の新調も、お控えいただきたく」

井尻は、額に脂汗を浮かべて口にしていた。

しかし和は、井尻の話を聞いても不満を隠さなかった。仏頂面《ぶっちょうづら》のまま、口を開いた。

「襖の張替えは前から望んでおったが、昨年もなかった。不作ということでな。わらわも、受け入れたのじゃ」

「…………」

井尻は、生唾を呑み込んだ。

「しかしな、来年こそはと、その方は申した。ゆえに狩野派の絵師に、その旨を伝えた。今年は描いてもらうとな」

和は、狩野派の絵に心を惹かれている。自分でも絵筆を握る。その画材の費用も削られていた。これも面白くないのだ。

返答ができないでいる井尻に、和はさらに続けた。

「その方らの、始末が悪いからではないか。高岡河岸には塩の納屋も新たにでき、立ち寄る船も増えたというではないか」

「ははっ」

井尻は恐縮している。脂汗の量が増えていた。

和は先代藩主正森の実子で、藩内にはその血筋を重んじる者は少なくない。藩主の正国であっても、遠慮があった。井尻はすでに、投げかけられた言葉に怯んでいた。

「畏れながら」

ここで佐名木が、声を出した。

「奥方様のおっしゃりよう、まことにもっともでございまする。昨年も御辛抱いただきましたこと、まことにありがたく存じておりまする」

と言って頭を下げた。申し訳ないという口調だが、眼差しは井尻とは違う。そのまま続けた。

「されど戸川屋からの申し出は、園田殿のご切腹と表裏をなすものでございまする」

戸川屋と園田の関係について触れ、返済の要請は、意趣を持ってのことだと告げた。勘定方では、利息の低いところと借り換えをし、江戸と国許の費えについて、節減できるところはすべてし尽くしたことを伝えた。井尻が持参した綴りは、それを明らかにするものであった。

「それがしも、御用達の商人のもとへ参りましてな、二十両あまりを借り受けてまいりました。いっそうの倹約を図る所存でございまする」

と佐名木は言い終えた。前の江戸家老児島ならば呼び立てるところだが、佐名木は自ら御用達商人のもとへ足を運んで借金を依頼したのである。

「…………」

和は、それには言い返さなかった。借りた金は返さなくてはならない。たとえ低利であったとしても、利息を払わなくてはならない金だ。

「分かりました。今の話、受け入れます」

京が告げた。不満が残っているにしても、返答をしない和は、承知をしたと感じたからである。

「ありがたく、存じまする」

佐名木と井尻は頭を下げた。

この話し合いが済んだ後で、京は赤坂《あかさか》御門外にある今尾藩竹腰家の上屋敷へ行った。

正室で義母に当たる乃里を訪ねたのである。

先日の尾張藩の茶会で、見事な茶入れがあったのを見つけた。乃里はそれを借り受けて、自らが行う茶会に使うつもりだった。

申し出をして借りることができ、屋敷に届いたと伝えてきた。開催の前に、じっくりと見せようと告げてきた。京にしてみれば、何としても見ておきたかった。

乃里は正紀の母というだけでなく、伯母姪の間でもある。正紀との間がうまくいってなかったとき、赤の楽茶碗を贈ってくれて、それが仲直りの契機になった。

京はそれを、感謝している。

「これですぞ」

部屋へ入って腰を下ろすと、乃里は早速床の間に置いてあった桐箱を持ってきた。

両手で慎重に扱っているが、目顔《めがお》にある興奮は隠しきれていなかった。

普段は落ち着いた人だが、名品を手にする喜びの大きさが伝わってきた。

箱から、緞子《どんす》の古裂《こぎれ》でできた仕服《しふく》に入った茶入れを取り出した。象牙《ぞうげ》の蓋が付いていて、二寸半（約七・六センチ）ほどの高さがあった。濃茶を入れる器だ。

「初稲と呼ばれる、唐物肩衝《からものかたつき》の名品です。天下三肩衝と呼ばれた楢柴《ならしば》や初花《はつはな》、新田《にった》に続くものですぞ」

肩衝とは、器の肩の部分が水平に張った茶入れをいう。肩から底部にかけて、茶褐《ちゃかっ》色《しょく》の釉《うわぐすり》が流れて景色を作っている。均整の取れた優美な姿だった。

「拝見いたします」

京も、膝で前に進み出た。体を前に倒し、まずその姿を詳細に眺める。それから象牙の蓋を取った。最上部の口造りの捻り返しの状態、肩のつき方、胴紐のつけ方、釉際の状態、糸きりの底の畳付、盆付の轆轤目の後を丁寧に見た。

「どこも見事に調和して、引き立て合っています。見ていて、気持ちが鎮まる器でございます」

「いかにも。これは秀吉《ひでよし》公の茶会にも、用いられた品だと聞きましたぞ」

しばらく見とれた。

「どうじゃ、満足なされたかな」

乃里に言われて、京は顔を上げた。にこやかな笑みが、向けられている。

「眼福にあずかりました」

京が応じると、茶入れは蓋をされ仕服に納められた。桐箱に入れると、初めにあった床の間に移された。

「今日はな、そなたに馳走したい品がある。共にいただこうではないか」

そう言ってから、乃里は手を叩いた。腰元の返事があって、待つほどもなく、襖が開かれた。二人分の膳が運ばれてきたのである。

香ばしい、筍《たけのこ》のにおいがした。

「若竹煮です。今朝、当家の庭で採れました」

「まあ」

筍は、淡い枯れ草色に煮てある。汁も薄目で微かに色がついているという程度。わかめとむき身のえんどう豆、木の芽がそえてあって、目の覚めるような色合いになっていた。

「ささ、箸をつけられよ」

と勧められて、京は箸をとり筍を口に含んだ。

「これは」

驚いた。色合いはほとんど透明に近いのに、醤油の味がしっかりと染み込んでいた。塩分も程よく鰹節《かつおぶし》の香も残っている。

醤油を使った料理は、日々口にする。しかし濃い色があって、食材の色をそのままに生かすことは難しかった。しかし饗《きょう》された筍は、本来の色を残している。その上で、風味を落としていない。

「脇坂安董殿から頂戴した、淡口醤油を用いたのです。湯浅や地廻り醤油は濃口で、食材の色を殺してしまうが、これにはそれがない」

「まことに。しかしこのような醤油が、あるのでしょうか」

醤油とは、紫の濃い色をしているものだと思っていた。

「工夫をして、拵えたという。新しい品だというので、当家にひと樽送ってよこしたのです」

満足そうな顔だった。

二人は美味《おい》しく、旬の味わいを楽しんだ。食べ終わって、高岡藩と正紀の暮らしぶりを、乃里から尋ねられた。

「あれこれと、難題が出てまいります」

隠し立てをするのは嫌なので、京は取手河岸の戸川屋からの返済に、藩が窮している話をした。

「なるほど、厄介ですね」

そう言ってため息を一つ吐いてから、乃里は思いついたという顔で続けた。

「正紀に、脇坂家の安董殿を訪ねさせてはどうでしょうか。あの御仁は、若いがなかなかの知恵者です。何か良い案を授けてくれるやもしれぬ。安董と睦群、それに正紀は幼少からの馴染で、よく一緒に遊んでいましたぞ」

龍野の淡口醬油は、蔵元に対する脇坂家の梃入れによってできたと乃里は言った。

「京や大坂では、大いに売れているそうな。ゆえに脇坂家は内福だとか。安董殿の力は大きいですよ」

「話をしてみましょう」

京は応じた。

四

正紀は夜になって、京の部屋へ行くかどうか迷った。

朝の読経では、何事もなかった。穏やかに話したというのではなく、挨拶をしたきり、何の言葉を交わすこともないままに京は仏間を出てしまった。

機嫌は直っていないと、判断したのである。

そして佐名木から、昼間に和と井尻を交えた四人で、奥向きの費えの削減について話をしたことを聞いた。

和は不機嫌を隠さなかったらしいが、藩の窮状を説明した。京の「受け入れます」の言葉で決着がついた。佐名木と井尻はほっとしたらしいが、京にしても、機嫌よく同意したのでないのは分かっていた。

茶会や水差しのことなど、一言も口にしなかったという。

京は不満を、胸にためる癖がある。それが夜になって、「気分がすぐれない」という言葉になって返ってくる。

また拒絶されるのかと思うと、気分が重い。どうでもいい相手ではないから、なおさらだ。

「しかし、それで行かぬのは違うな」

と正紀は考える。思いやりが足りなかったという気持ちについては、少しでも早いうちに伝えたかった。

奥女中を通して行くことを伝えると、「お待ちしております」との返答があって驚いた。ともあれ京の部屋へ渡った。

「昼間、赤坂の竹腰屋敷へ参りました。桜が八分咲きになって、そろそろ見ごろとなりました」

まずは桜の咲き具合を話題にした。茶器を見に行ったという話は、家臣から聞いている。まさか水差しを欲しいと言い出すのではあるまいと、そんなことをちらと考えた。

「今宵は、召し上がっていただきたい品がございます」

桜の話を済ませると、京はそう言って奥女中に声をかけた。膳が運ばれてくる。酒と小鉢に入った若竹煮だった。

「これは」

旬の品ではあるが、まさか京が煮たのではあるまいと思いながら聞いた。不機嫌な様子ではないので、ほっとしている。

「若竹煮は、竹腰の母上様から頂きました」

「ほう、そうか」

醬油で煮たらしいが、色が極めて薄い。井上家の台所方では、同じ若竹煮でもこのような煮方はしない。乃里の実家は播磨龍野藩だからか総じて薄味で、正紀もそれに慣らされたところがある。ただそれでも汁の透明さが引き立っている。

「さあ、召し上がれ」

姉が弟に勧めるような口ぶりだが、それは気にしないようにする。

「うまい」

色が薄いにもかかわらず、醤油の風味はしっかり出ていた。

「お酒もどうぞ」

杯に注いでよこした。こんなことをするのは、初めてだ。酒や若竹煮の味よりも、機嫌が直っている方が正紀にはありがたい。

「これは、龍野の淡口醤油で拵えた品だそうです。新しく醸造されたもので、脇坂家から贈られたとか」

「そうか、安董様がか」

尾張徳川家一門の茶会で、一緒になった。茶懐石の場面で隣り合わせて座って、久しぶりに話をした。高野豆腐の含め煮が、これと同じように淡口醤油で味付けをされていて、龍野醤油を使ったと聞かされたことを思い出した。

「母上様のお話によりますと、この淡口醤油は脇坂家が醸造元に働きかけて作らせたのだそうです。京や大坂では売れて、龍野藩は内福であるとか」

「高岡藩にも、そのような産物があるとよいのだがな」

残念ながら、田圃が広がるばかりの土地だ。

「安董様を、お訪ねになられてはと、母上様はおっしゃっていました。何か、お知恵を得られるのではないかとの話でございます」

「なるほど」

金を貸してくれるかどうかは分からないが、知恵者であることは分かっている。気迫を以《もっ》て事をなし、それがうまくいっている者ならではの勢いがあると感じた。

そういえば茶席で別れるとき、「訪ねて参れ」と言われていた。

「行ってみるか」

という気持ちになった。話を聞いてもらうだけでも、すっきりするかもしれない。

杭のときも、塩のときも、安董のことは考えなかった。母方の縁者であったし、高岡と龍野では領地が離れすぎていたからかもしれない。

「兄弟のようにお親しかったとうかがいました」

「まあ、そうだ」

「お飲みなさいまし。そして淡口醬油の味を、美味しさを、お伝えなさいまし」

またしても姉のような口ぶりで言い、酒を注いだ。京はこれを伝えるために、酒の用意をしたのだと気がついた。

佐名木や井尻の話を聞いて、高岡藩の逼迫した財政について理解をしたようだ。改めて口には出さないが、藩のために何かをしたい。そういう思いが、京にあると感じた。

筍を口に含む。さっぱりとした味わいだ。喉を通った酒が、じわりと体に染みた。

この夜、正紀は京の部屋で一夜を明かした。


山野辺はこの日、津久井屋の用心棒功刀弦次郎の一昨日の昼間の動きを探った。西蔵の船に変事があったのは間違いなく、確証はないが、関わっている可能性は否定できないからだ。

本人や津久井屋の者には、まだ尋ねない。関わっていたならば、都合のいい話をするだけだろう。

行きつけの居酒屋や一膳飯屋のおかみや女中、当日河岸で荷運びをしていた人足などに声をかけた。

「さあ、どうだかねえ」

はっきりと見たと告げた者はいない。昼過ぎに見かけた者は複数いた。怪しい、という気持ちは大きくなった。

功刀は腕こそ立つが、暮らしは荒《すさ》んでいるらしい。飲む打つ買うの三拍子で、暴れる無宿人を懲らしめるときには容赦をしないそうな。

積んであった四斗の醤油樽を、奪おうとした三人組がいた。知らせを受けた功刀は出て、三人を棍棒で打ち倒した。

「倒れても、棍棒で打ち付けます。肋骨や足の骨を折った者もいました。それでも止めないので、ちょっと怖かったですぜ」

その様子を見ていた人足は、そう言った。

ただ面白いことを耳にした。話を聞いたのは、町内にある湯屋の初老の番頭からである。

「功刀様には、肩から背中にかけて大きな痣《あざ》があります。去年の秋の野分《のわき》の嵐で、河岸道を通りかかったところで、立て掛けてあった角材が倒れたんですよ。たまたま通りかかった功刀様が、それでやられました」

大量の材木だったらしい。高積見廻り方としては許せない出来事だが、深川は受け持ち区域ではない。

「身動きできなかったわけだな」

「そうです。そこに番頭の伴造さんが通りかかったんです。嵐の中なのに店の者を呼んで店に運び入れ、手当てをしました」

「では浪人者は、恩に着たであろうな」

「ではないですか。あのお侍が津久井屋に居着いたのは、それからです」

恩人だと感じているならば、功刀は伴造に命じられれば、たいがいのことはするだろう。元々、荒っぽいまねは平気でする者らしい。

五

翌朝正紀は、芝汐留《しばしおどめ》川南にある龍野藩脇坂家上屋敷の安董のもとへ、使いの者を出した。都合のいい、できるだけ早い折に面談したいと告げたのである。

すると使いの者は、その日の昼食を一緒にどうかとの返事を持ち帰った。異存はない。刻限を図って出かけた。

同じ上屋敷でも、高岡藩とは長屋門の規模が違う。尾張藩上屋敷とは比べるべくもないが、手入れの行き届いた壮麗な門構えだった。どこもそこも垢抜けて見えるのは、不思議だった。

「よく来た。今日はゆっくり話ができるぞ」

玄関式台まで迎えに出た安董は、正紀の顔を見てそう言った。茶会の折には他の客もいたので、踏み込んだ話はできなかった。

「睦群殿も呼べばよかったな」

と言われたが、兄は尾張藩の付家老で忙しい。今日は二人での話となった。

奥の静かな部屋で向かい合って座る。すぐに膳が運ばれた。

「龍野の淡口醬油を使った若竹煮を、味わいました。素材の色が生きて、醬油の風味も変わらない。美味しゅうございました」

「そうか。それはよかった」

安董は嬉しそうな顔をした。表情が豊かで、才気煥発《さいきかんぱつ》といった印象だ。後に老中ともなる人物だが、このときはまだどちらもそれを知らない。

膳には、淡口醬油を用いた鯛《たい》の煮物も添えられている。正紀は龍野の醬油について、話を聞かせてほしいと依頼した。

「そうか、嬉しいことを聞いてくれるではないか。そもそも龍野醬油は、初代藩主安《やす》政《まさ》様が信州《しんしゅう》から龍野に入封した寛文《かんぶん》十二年（一六七二）から始まるぞ。土地には円《まる》尾《お》という酒や味噌《みそ》を醸造する家があってな、始めは醬油を拵えてはいなかった」

「安政様が、お勧めになったのでしょうか」

「円尾家の者と相談したのであろうな。そもそも龍野は、醬油造りには適した土地であった」

醬油醸造のための主原料は大豆と小麦、塩であり、これに欠かせない役目を果たすのが水だと安董は言った。

そもそも龍野は、西国では知られた播州《ばんしゅう》小麦の主生産地だった。素麵《そうめん》の産地としても知られている。そして大豆は、隣接する佐用《さよう》郡三日月《みかづき》や宍粟《しそう》郡山崎《やまざき》、安志《あんじ》で良質な大豆ができた。

「塩は、赤穂《あこう》の品だ。あれはよい塩だぞ」

「いかにも」

塩については、正紀にも多少の知識がある。

「水は藩内を貫通する揖保《いぼ》川がある。この水は、なぜか他の川の水と違って、醬油造りに適していた。これは天の思し召しというしかない」

後の研究で分かることだが、揖保川の水には他と比べて鉄分の量が少なかった。これが醬油造りに適していた。しかも醬油造りの中心となった円尾家は、もともとは酒造の家だった。その技術も役立ったのである。

「龍野の醬油にはな、諸味《もろみ》を絞る直前に醴《あまざけ》を入れる。これで味に深みが出るのだ」

「初めから、淡口の醬油だったのですか」

「そうではない。初めは濃い紫だった。しかし寛文（一六六一～七三）の頃から、淡口を工夫した」

「どのような、工夫ですか」

「濃口醬油の作り方と、おおもとは同じだ。ただ大豆と小麦の醸造にあたって塩を多めに入れた。これで熟成の間を縮め、醬油に色を付けないで済むようになった」

「なるほど。だから色は薄くても、塩分は強いわけですね」

「そうだ。これならば、食べ物本来の色を活かすことができる」

安董は、膳にある鯛の煮つけに目をやった。淡口を使っているから、皮の赤が生きている。

「濃口醬油では、この色は出せませぬな」

「そうだ。とはいえ生臭みのある青魚やコクを出したい料理には向かぬ。違う調味の品だと、わしは考えている」

「濃口と淡口は競合せず、共に商いの品として人々の手に渡るというわけですね」

「そうだ。近頃江戸にも出てきた、野田や銚子の濃口醬油は、関東者の口に合うであろう。今はまだ新参者といった気配だが、この後は販路を広げるぞ。輸送の費えが下り物よりも安く済むからな、値も抑えられる」

「安ければ、買いましょう」

「だがな、食材本来の味や色を活かしたい者は、淡口を使う。たとえ値は高くてもな。違う商いの品だからだ」

安董は、富裕層を狙って売りたいという考えらしかった。脇坂家では、円尾家の後ろ盾となって、醬油造りに力を注いできた。いや造るだけでなく、売り方にも気を配ってきたと告げた。

「京や大坂では、淡口醬油は売れていると聞きました」

「いかにも。そこでわしは、江戸でも売りたいと考えた。いや江戸だけではない。野州や常陸、房州などでもだ」

ここで正紀は閃《ひらめ》いた。

「常陸で売るには、利根川を使いまするな」

「いかにも」

「ならば常陸へ輸送する際の中継点に、高岡河岸をお使いくださいまし」

正紀にしてみれば、渡りに船といった気持ちである。高岡でも大豆や小麦は作られているが、少量だ。また醸造技術もない。しかし物資の中継地としては、使い道がある。

「どうだ、高岡藩の政は。昨年は、国家老が腹を切ったというではないか」

一通り龍野醬油の話が済んだところで、安董は尋ねてきた。園田頼母のことを言っている。藩では病死として処理したが、一部の縁者には漏れていた。

安董は気遣ったのだ。

会いたいと告げたのは正紀の方である。ただ顔を見たいというだけならば、茶会の席で充分だろう。

「実は園田絡みで、厄介なことになっています」

園田が腹を切ったのは塩の輸送を妨害しただけでなく、正紀に対して、腹心の者に刃を向けさせたことに原因がある。園田の妻子は、実家の戸川屋が引き取ったが、主人の忠兵衛は恨みを持った。百二十七両の返済を求めてきた顚末《てんまつ》を、正紀は話した。

「何とかせねばならぬと、焦っております。お知恵を拝借できればと考えて、参りました」

金を貸してほしいとは言っていない。ただ金策に当たって、助言を受けられればありがたかった。

「そうだな」

安董は、手にあった箸を膳に置いて腕組みをした。しばし考えるふうを見せてから、口を開いた。

耳にしたのは、正紀にとって思いがけない話題だった。

「龍野の淡口醬油七十石が、数日前に船ごと奪われた。大松屋という当家の御用達商人が江戸で仕入れた品だ。江戸だけでなく、常陸でも売るつもりでな」

「ほう」

これは山野辺からも、話を聞いた。龍野の醬油だとは聞いたが、安董の口からこれについて耳にするとは意外だった。

「竹腰家にも送った淡口醬油は、龍野ではこれまで以上に入念に手を加え、色を薄くした。そこで京や大坂でも売れた。しかしその先にはまだ及んでいない。湯浅の醬油よりもやや値が張るのでな。とはいっても品質は、口にした通り極上だ」

「はい」

正紀は頷く。

「そこで大松屋を通して、江戸だけでなく常陸の鬼怒川や小貝川流域でも売ることにした。凶作とはいっても、土地持ちの大百姓や商いの者、輸送の船主、旅籠《はたご》の主人、といった富裕の者は、割高でも味のよいものを買う。大松屋はそこに目をつけて、土地の問屋衆に伝えた。まずは一度ということで商いはまとまり、期日を限って品を運ぶことになった」

「奪われたのは、その品ですね」

「そうだ。何としても取り返さねばならぬ。しかし期日のあることゆえ、じっくり捜すなどと悠長なことはしておられぬ。また捜せぬことも踏まえて、再度龍野より七十石を取り寄せる手立てを取ったが、何しろ播磨は遠方だ。期日までには届かぬであろう」

それまであった安董の表情から、闊達《かったつ》さが消えている。気になっているのは明らかだ。話を続けた。

「この常陸での商いは、大松屋にとってだけでなく藩にしても、今後の関八州《かんはっしゅう》での売り方に大きな意味を持っている。したがって一商人の災難として、打ち捨てるわけにはいかぬのだ」

ここで正紀は、疑問が湧いた。

「七十石の龍野醬油は、どの程度の価格で商われるのでしょうか」

「江戸へ運ぶだけでなく、さらに常陸まで運ばねばならぬ。その費えや江戸と下り醬油問屋の利も加えると、小売りの値は百二、三十両は下るまい」

「さようですか」

大きな話だと、驚嘆した。しかもこれは、七十石ながら一回の商いで動く金子である。

「納品の期限は、いつでございますか」

「来月の二十日だ」

三月は、目前に迫っている。二十日に常陸へ届けなければならないとするならば、その輸送を含めた日にちを踏まえた上で奪い返さなくてはならない。

「どうだ、七十石の奪われた醬油を、取り返してはくれぬか。期限に間に合うように取り返してくれたならば、後から取り寄せた分は不要になるゆえ、それを貴公に半額の六十両で引き渡そうではないか」

売れば百二十両以上になる品である。また今後の龍野醬油の輸送について、高岡河岸を使ってもよいと言い足した。

「まことでございますか」

「もちろんだ」

脇坂家の家臣を使ってもよい話だが、それを正紀にやらせようとしている。これは安董の好意だと感じた。

「杭の話も、塩の話も聞いておる。貴公ならば、できるであろう」

「やります。必ず期限までに取り返します」

具体的な手立てがあるわけではない。しかし正紀にしてみれば、藁《わら》をも摑むつもりだった。今後の高岡河岸の利用があるだけでなく、六十両以上の金子が手元に入ることになる。

決意の言葉になった。

第三章　二人の男

一

龍野藩上屋敷を辞した正紀は、北町奉行所へ行く。植村は屋敷から供として従えていた。ただ安董とのやり取りは知らないので、道すがら話して聞かせながら歩いた。

「それは、またとない話ですね。是非とも醬油を手に入れなくてはなりません」

植村も、今尾藩から移ってきたばかりの頃は、慣れない様子だった。外様の者という見られ方をしたらしい。しかし正紀に従って、藩のために尽くしている姿が見えてくると、他の藩士たちの見る目が徐々に変わってきた。

もう今尾藩へ戻ることはできないから、腹を決めて正紀についてきている。

町奉行所では、山野辺のいる場所を聞いた。深川仙台堀《せんだいぼり》界隈だというので、そちらへ足を向けた。前に会ったときには、荷を奪われた大松屋の商売敵《しょうばいがたき》である今川町の津久井屋を調べると言っていた。

その後どうなっているかは分からないので、まずはここまでの話を聞こうと考えていた。

「津久井屋を洗っているならば、少しは調べが進んでいるのかもしれませんね」

植村が言った。

ただ深川へ行く途中には霊岸島を通る。そこで桜井屋へ寄って、番頭の萬次郎から、津久井屋のことを聞いてみようと考えた。同じ下り塩仲買問屋で醬油も商っている。

「津久井屋さんは、同業ですから聞いています。でも仕入れ先の問屋も、醬油の醸造元も違いますので、詳しいことは知りません」

申し訳なさそうに言われた。下り物の塩や醬油を扱う店は多数あるわけだから、仕方がない。

「では津久井屋のことを知っている問屋で、知り合いはいないか」

「それならば、深川熊井《くまい》町の河路《かわじ》屋さんならば、知っていると思います。同じ湯浅の醬油を扱っていますので」

と教えられた。

それから、永代橋を東へ渡って深川へ出た。

まずは山野辺から話を聞かなくてはならない。ただすぐには見つからない。

津久井屋の店の前に行くと、小僧によって塩の俵が納屋から運び出され荷車に載せられるところだった。とはいえ主力の商品は醤油らしく、屋根にある木看板には、湯浅醤油という文字が見受けられた。

そこへ四十をやや過ぎたとおぼしい羽織姿の男と、荒んだ気配の漂う浪人者ふうがやって来て立ち止まった。

「お帰りなさいまし」

荷車を引こうとしていた小僧が声を上げ、頭を下げた。羽織の男と浪人者は、店の中に入った。

「おい、どうした」

その姿を見ていると、すぐ近くから声をかけられた。みると山野辺が立っていた。

「津久井屋の様子をうかがおうと、見ていたところだ」

「そうか、あれが主人の庄右衛門と用心棒の功刀という者だ」

正紀の問いかけに、山野辺が答えた。

さらに店の中を覗き、庄右衛門と話をしている羽織姿の男と手代ふうを指差して、番頭の伴造と手代の達次だと教えた。

大川の土手まで移って、植村と共にここまでやって来た顚末を、山野辺に話した。安董に依頼された内容についても触れている。

「なるほど。大松屋は、国許の殿様に泣きついたわけだな」

「今後の商いのためにも、大事な品であるのは確かだ」

「そうには違いないが、値が百二十両以上とは驚きだ。まあおまえも調べに加わるのならば、おれとしては好都合だ」

ということで、ここまでの調べについて、聞き込んだ内容を伝えてよこした。

「関わった、はっきりした証拠はないのでな、まずは功刀の動きを探っていた。今日は外出をしたのでつけてみたのだ。同業の問屋へ、行っただけだったがな。戻ってきたら、その方らがいた」

山野辺は言った。

「大松屋が、同じ鬼怒川や小貝川流域を商いの場にしていて、龍野の淡口醬油が出回ったならば、津久井屋としては面白くなかろうな。ただその品を奪って、期限までに納品できなくさせたならば、大松屋の信用はがた落ちになる」

「そのあたりが、津久井屋の狙いですね」

正紀の言葉に、植村が応じた。

山野辺は功刀についての調べを進めるというので、正紀と植村は萬次郎から聞いた熊井町の河路屋へ行ってみることにした。この店は津久井屋とは同じ問屋から塩と醬油を仕入れている。ただ販売先は利根川の上流で重ならない。

取り立てて親しいわけではないが不仲でもないので、ある程度の話は聞けるだろうと言われていた。

「萬次郎さんとは、あの人が深川にいたとき、お付き合いをいただきました」

二十代半ばの、河路屋の若旦那が対応をしてくれた。

「津久井屋の商いは、どうか。活気のある店のようだが」

「はい。強引なやり口だと悪口をいう者もいますが、商いですからね、多少のことはあると存じます」

萬次郎の名を出しているから、迷惑そうな顔はしなかった。

「湯浅の醬油を商っているそうだな。そこも淡口なのか」

「いえ、濃口です。銚子の醬油は、湯浅から移った方たちが技を伝えています」

「湯浅では造らぬのか」

「いえ、湯浅でも淡口を造ろうという動きはありますが、できていません。今のところ淡口醬油は、龍野だけです」

「ならば淡口は、龍野の名産品といってよいわけだな」

湯浅で淡口醬油が製造されるようになったのは、明治以降だ。

「そうなります。淡口醬油は京や大坂では広く売られていますが、江戸や関八州で商いになるかは分かりません。濃口醬油が馴染むように思われます」

「別の品と考えればよいのではないか」

安董の言葉を頭に入れて言ってみた。

「さあ、どちらも醬油でございましょう」

若旦那は、話には乗らなかった。

「津久井屋は、鬼怒川や小貝川流域を販路にしていると聞いたが、どういう経路で運んでいるのか」

水上輸送については、正紀もそれなりに詳しくなっている。

また醬油を奪っているならば、顧客のある常陸へ運ぶだろうと考えた。ただそのときは、いくら何でも酉猪丸を使うとは思われない。それでは己が盗んだと、告げるようなものだ。

「関宿《せきやど》を経由して、取手河岸へ運んでいます。そこで鬼怒川行きと小貝川行きに、品を別《わ》けていると聞きました」

「取手河岸か。船問屋はどこだ」

これは、聞いておかなくてはなるまい。

「戸川屋という船問屋です。取手まで運んで、そこの納屋に置きます。取手は施設も整い、中継点としては最も便の良い場所だと聞いております」

「そうか」

あるいはとは思ったが、やはり絡んできたかと腹の奥が熱くなった。戸川屋は、取手では五指に入る船問屋だ。大小の荷船を持ち、江戸へも頻繁に荷を運んできている。

「戸川屋は、往路は土地の物産を江戸へ運び、帰路は下り物の酒や塩、醬油などを運んでいます」

「津久井屋と戸川屋は、古い付き合いなのか」

「かれこれ七、八年ほどかと思いますが」

戸川屋という屋号を耳にすると、酉猪丸や奪われた醬油と繫がるとは思えないが、やはり穏やかならざる気持ちになる。

「河路屋でも、使っているのか」

「いえ。でもこの近辺の店では、使っているところがあります。そうそう、数軒川上の地廻り酒問屋に、戸川屋さんの船が荷を運んできていますよ」

若旦那は、思い出したように言った。半刻（一時間）ほど前に荷下ろしの場を目にしたから、もう引き上げたかもしれないとつけたした。

そこで正紀と植村は、その船着場に行ってみることにした。百石の弁才船《べざいせん》である。荷は下ろし終わっていたが、まだ船着場に停まっていた。

船着場には、数人の水手とおぼしい者たちがたむろしていた。正紀は、その中で最も年嵩《としかさ》とおぼしい煙草をふかしている初老の男に声をかけた。

「利根川の高岡河岸に、荷を運んだことがあるか」

「ありやすよ。あそこには、店の納屋がありますから。でもね、何にもないところです。田圃ばっかりでね」

興味もないといった口ぶりだった。

「それはそうだが……」

今に見ていろ、という気持ちがある。取手に劣らないほど、賑やかにしてやる。それが当面の、正紀の夢といってよかった。

「もう、高岡の河岸へ行くこともないと思いますぜ。あそこは、閉じるって聞いていますからね」

煙管に、新しい煙草を押し込んだ。火をつけると、うまそうに紫煙をくゆらせた。

「なぜ閉じるのか、わけを聞いたことがあるか」

「そりゃあ、いろいろと気に入らねえことがあるからじゃねえですかね。高岡にいた旦那の娘と孫が、帰されてきた。その娘は、気鬱《きうつ》の病で寝込んでいる。詳しい事情は知らねえが、腹が立っているんじゃないですか」

戸川屋の者ならば、水手でもこの程度のことは知っている。忠兵衛の怒りと恨みの深さが、伝わってきた気がした。

「これは、筋の通らぬ恨みでは」

植村が、正紀の耳に口を寄せて囁《ささや》いた。同感だが、病に落ちた娘の姿を日々目にしていれば、道理や理屈では怒りは消えないだろう。

正紀は気持ちを鎮めて、問いかけを続けた。

「戸川屋の主人と江戸の津久井屋の主人は、親しい間柄なのか」

「そうじゃないですかね。津久井屋の旦那が取手へ来たときは、二人で酒を飲むって聞いたことがありますから」

「では津久井屋が、龍野の醤油を運んだという話は聞かぬか」

「それはねえでしょう。津久井屋さんが運ぶのは、湯浅の醤油ですから」

「津久井屋でなくとも、この数日で、龍野の醬油を運んだ話は聞かぬか」

「あっしは、聞いていませんね」

そこで他の者にも、同じようなことを尋ねた。おおむねは、同じような返答だった。

実家に戻った園田の妻女瑠衣が病がちだとは、他の者も口にした。

さらに、仙台堀河岸で荷運びをしている人足たちにも問いかけをした。津久井屋の指図で、龍野の醬油樽を運んだことはないかというものである。

「そんな話は、聞きませんね」

犯行に繫がる、証言は得られなかった。

二

正紀と別れた山野辺は、しばらく津久井屋の様子を見ていた。四半刻（三十分）ほどして、数名の人足たちが集まってきた。船着場でたむろをしている。

すると、十石積みの平田船《ひらたぶね》が現れた。同時に手代と小僧が店から出てきて、納屋の戸が開かれた。人足らが中に入って、四斗の醬油樽が運び出され平田船に移された。

掛け声が上がっている。

気がつくと功刀も店から出てきて、その様子を見ていた。人足たちの中で、長身の男が功刀に挨拶《あいさつ》をした。知り合いらしい。

そして十一樽の醬油が、平田船に載せられた。船が船着場を出て行くと、手代や小僧、功刀らが店に戻ってゆく。駄賃を受け取った人足らも、引き上げ始めた。

ここで山野辺は、先ほど功刀に挨拶をした長身の人足に声掛けをした。

「あの用心棒とは、親しいのか」

「へい。前に一回、ごちになったことがありやす」

「そうか、悪さの手伝いでもしたのか」

と告げると、一瞬どきりとした顔になった。しかしすぐに、首を横に振った。

「いや、余分な荷運びを手伝ったんで、一杯飲ましてもらったんでさ」

小さな悪さならば、咎《とが》める気持ちはない。

「どこで飲ましてもらったのか」

今川町や近隣の町で、功刀が人足に酒を飲ませたという話は聞かない。すでに行きつけの居酒屋や煮売り酒屋は、聞き込みを済ませていた。

「黒江《くろえ》町です。馬場《ばば》通りの」

永代寺《えいたいじ》や富岡八幡《とみおかはちまん》に通じる大通りだ。あのあたりには飲食をさせる店が櫛比《しっぴ》していて、路地を入ると女郎屋などが集まっている一画もある。『ひょっとこ』なる屋号の居酒屋だと聞いた。

早速、馬場通りに足を向けた。気候がいいので、少なからず人が出ていた。屋台店で、饅頭《まんじゅう》を商っている者がいる。蒸籠《せいろ》から、甘い湯気が道に流れ出ていた。

居酒屋は、すぐに捜し出せた。間口三間の古い煤《すす》けたような店である。まだ商いはしていなかったが、中年の肥えたおかみと若い女中が掃除をしていた。

「功刀様というご浪人ですか。そういえば何日か前に、破落戸というか、無宿人みたいな汚い身なりの人たちと、何度かお酒を飲んでいます」

初めてではないそうな。三、四人連れてきて酒を飲ませる。代金は、功刀がいつも払った。「功刀の旦那」と呼んでいたので、名だけは覚えていた。

仙台堀界隈ではなく、油堀《あぶらぼり》よりも南の離れた場所で、無頼の徒に酒を飲ませていたことになる。一番最近の日にちを確かめると、酉猪丸が襲われた直前の夜だ。長身の人足らではなく、もっと貧し気な者たちだったという。

「着ているものも汗臭くて汚くて、あれは無宿人ですね」

「どんな話をしていたのか」

「さあ、近寄りたくもなかったですからね。酒と肴を運んだだけですよ。まあ、お代はちゃんと払ってくれますから、お客さんではありますけど」

「では、近くで飲んでいた者は、臭くて迷惑をしたであろうな」

「さあ、どうでしょう。気にしていなかったんじゃないですか」

隣の飯台《はんだい》で飲んでいたのは、七五郎《しちごろう》という、馬場通りで小間物の屋台店を商う者だそうな。

「一の鳥居あたりで、いつも店を出していますよ」

と言うので、行ってみることにした。隣で飲んでいたのならば、何か話を聞いたかもしれない。

聳え立つ大鳥居に、夕暮れ前の西日が当たっている。七五郎の屋台店の前には、若い娘が数人で、簪《かんざし》の品定めをしていた。調子のいいやり取りをしている。

扱っているのは、どれも安物だ。

「ああ、覚えていますよ。浪人と無宿人ですね、あれは。四人いました」

「どんな話をしていたのか」

「向こうが先にいて、あたしが飲み始めたのは途中からですからね。聞いたのは、どこそこかの宿場の、賭場の話でした」

「名を呼んだりは、しなかったか」

「そういえば……。ええと、為吉《ためきち》とか仗助《じょうすけ》などというのが聞こえました」

為吉は三十歳前後で、仗助と呼ばれた者は、もう少し若いという。

「どこをねぐらにしている者たちか」

町奉行所では、無宿人の取り締まりをしているが、湧き出るように現れる。本所深川は日本橋や京橋《きょうばし》界隈よりも取締りが緩いので、あちらこちらの橋の下や空き家などに住み着いていた。

「聞き耳を立てていたわけではありませんのでね。でも、木場《きば》がどうとかという言葉は、耳に入りました」

深川の東の外れには、広大な木置場がある。そこにも行き場所のない無宿人が、住み着いていると聞いたことがあった。

山野辺はその足で、木場へ行った。筏《いかだ》を解いただけの原木が、掘割に浮いている。そして角材や板材が、あちらこちらに積まれたり、立て掛けられたりしていた。木挽《こび》きの音が、どこかからしてくる。

木の香が、鼻を衝いてきた。

この界隈にも、使われなくなった小屋や、材木の陰などで野宿をして、無宿人たちが住み着いている場所があった。追い払っても、また他の者がやって来る。

数十人、いや数百人もいる中で、為吉や仗助なる者を捜せるかどうかは分からない。また前にいても、どこか他の地へ移っていることも考えられた。

「しかし、捜さないわけにはゆくまい」

目についた者たちから、山野辺は声をかけた。

「知らねえな。何だい、そいつは」

腰に十手を差していても、地方から逃げてきた者たちにしてみれば、畏《おそ》れ入る相手ではないらしい。一人だからか、ふてぶてしい態度をとる者も少なくなかった。

それでも知っている名ならば、何かの反応を示すはずだと山野辺は思っている。

「じょうすけ」を「ちょうすけ」と聞き間違える者もいる。また同じ名でも、歳の違う者もあった。

何の手掛かりもないうちに、半刻以上が過ぎた。いつの間にか、木置場は、すっかり薄闇に覆われていた。

「為吉っていう野郎ならば、知っているぜ」

と言って、向こうから近づいてきた者がいた。三十半ばといった歳で、蓬髪《ほうはつ》、頬骨《ほおぼね》の出た土気色《つちけいろ》をした狐《きつね》を思わせる顔つきだ。素足で、膝のあたりまで泥で汚れている。汗と埃のにおいが鼻を衝いたが、そう告げられるとそのままにはできない。

「どこにいるのか」

「ついてくりゃあ、分かるぜ」

歩き始めた。山野辺は後に続く。掘割に沿って歩いてから、積み上げられた材木の間に入った。木の香が濃くなって、材木に囲まれた場所で立ち止った。周囲が見晴らせない。

そこで男は、山野辺からすっと離れた。そして材木の陰から現れたのが、棍棒を手にした十人ばかりの襤褸《ぼろ》布をまとったような男たちだった。腹を減らした狼《おおかみ》が、獲物を見る目をしている。

「おめえ、何を聞き込んでいやがる」

一番体の大きな男が、冷ややかな声をかけてきた。その間にも、獣たちは山野辺を取り囲んだ。十七、八歳くらいから四十年配の者まで交ざっている。

腰をかがめ、棍棒を握り直した。いつでも襲いかかれる状態を拵えたのである。

「為吉に会えると、聞いてきたのだがな」

山野辺は、静かに答えた。争うつもりはないが、避けられないだろうと思っている。

一人一人の顔を見回した。

「だから為吉がどうしたかと、聞いているんだ」

「それに答える必要は、なかろう」

「やっちまえ」

男たちは一斉に、棍棒を振り上げた。斜め前にいた一番若い男が、躍りかかってきた。

山野辺は前に出て、男の腕を摑んだ。捩《ね》じりながら、棍棒を奪い取る。その体を、続けて打ち込んできた男の方へ突き出した。

「わあっ」

肉を打つ鈍い音がして、男が悲鳴を上げた。仲間にしたたかに背中を打たれたからである。血が飛んだが、骨が折れる鈍い音も耳にした。

山野辺はその様子に目をやってはいない。横から打ち込まれてくる棍棒を、払い上げている。そのまま腹を打った。

「うえっ」

男は、前のめりに崩れ込んだ。その体が足元にあって、次に襲ってきた一撃が、ぎりぎりのところで肩を掠《かす》った。

山野辺は神道無念流の達人だが、相手は飢えた狼のような者たちで、まだ大勢が残っている。

「やっ」

棍棒を振り下ろした男の肘《ひじ》を打って、体を横に飛ばした。こちらの動きについてこられない相手は、他の襲おうとしていた者と体をぶつけた。

その隙を、山野辺は逃がさない。男たちの群れから、一気に走り出た。

「このやろ」

追ってくる気配があったが、かまわず走った。これ以上の、無駄な争いを続けたくはなかった。

三

その頃正紀は、屋敷に戻っている。脇坂家上屋敷でした安董とのやり取りについて、詳細を佐名木に伝えたのである。この席には、勘定頭の井尻が加わっていた。

「百二十両の品が半額の六十両で手に入るならば、大いに助かりますな。しかも高岡河岸が、龍野醬油の荷置場として使われるならば、当家としてはありがたい」

佐名木はまずそう言った。

「すでに山野辺が探索にあたっているが、調べは進んでいないようだ」

山野辺から聞いた話についても伝えた。

「町方でも、難渋しているわけですな」

「そのようだ。何しろ船ごと七十石の醤油を奪ったわけだからな。念を入れて、襲ったのであろう」

「ならばなおさら、調べは慎重になさねばなりませぬぞ。勇み足があって、他の者に嫌疑をかけるなどがあれば、面倒なことになりまする」

「どうなるというのか」

せっかくの意気込みに、水を掛けられた気がした。

「畏《おおそ》れながらとお上に訴えられたならば、咎《とが》めを受けまする。たとえ一石でも減封があれば、当家は大名ではなくなりまする」

「それは、そうだな」

佐名木は探索を止めろと言ったのではない。一つ一つに注意を怠るなと忠告してきたのだ。

高岡藩は、大名ぎりぎりの一万石である。正紀のしくじりで旗本に格下げになれば、井上家に婿入りをした意味がなくなる。

「分かった、気をつけよう」

正紀は応じた。佐名木は藩と正紀を慮《おもんぱか》って口にしたのだ。

「すると、戸川屋への返済はどうなるか」

計算をしてみた。藩内の倹約で、三十両ができる。佐名木が御用達から借りてきた二十両、そして龍野の醬油を捜し出せたとして六十両が得られる。

「それでも百二十七両には、二十両近く足りぬな」

正紀はため息をついた。

「な、何とか、お願いいたしまする」

井尻が、両手をついて頭を下げた。依頼心は強いが、藩財政を思う気持ちがないわけではない。国許の児島は、何も言ってこない。

すると佐名木が、思いがけないことを口にした。

「奥方様より、狩野派の水墨画の掛軸を賜りました」

「ほう」

これは驚いた。和は、勘定方が申し出た倹約の方策に腹を立てていた。それでも受け入れたのは、京が口添えをしたからだ。にも拘わらず、さらに掛軸を出したというのは信じがたいところだ。

狩野派の絵師が描いた水墨画ならば、宝物にも等しい品のはずだ。

「京様が、ご説得をなさった模様です」

佐名木は言った。

そこで京と和は、絵を専門に扱う商人を屋敷に呼んだ。尾張藩上屋敷にも出入りしている者だとか。これには、佐名木も同席した。

「あの親仁《おやじ》、初めは十四両の値をつけました」

七寸（約二十一センチ）四方の、小鳥が餌をついばむ様子を描いた墨絵だが、描いたのは狩野永納《えいのう》だという。そう告げられても、正紀には価値が分からないが、狩野派でも京狩野という一派で名を残した絵師だそうな。

「この落款《らくかん》が目に入らぬか。その方、狩野永納を知らぬと見えるな」

と、絵商いの主人を京は嘲笑ったらしい。絵についてどれほどの知識があるかは分からないが、京は和から入れ知恵を受けていたとも考えられる。

「気迫を持って話をなさいましてな、値を釣り上げました」

「そ、そうか」

正紀には、その折の様子が目に見えるようだった。高飛車に、容赦をしない言い方をしたに違いない。

「二十二両で、買わせました」

「それはすごいな」

商人さながらではないか、と思った。

正紀は仰天している。昨夜に話をしたばかりだが、京は和を口説き、絵商人まで呼び寄せた。

「動きが早いな」

と、これにも舌を巻いた。ただ京ならば、やりそうだという気はした。怖いもの知らずの一面もある。

佐名木との話が済んで、京の部屋へ行った。いきなりなので驚いたらしいが、「ご気分がすぐれない」はなかった。

正紀はまず、安董とした話について伝えた。京に背を押されて、脇坂家上屋敷へ向かったのである。どうなったかと、気にしていたらしかった。

「よろしゅうございましたね。お励みなさいませ」

事の次第を伝えると、いつものように上からの口ぶりで告げられた。

「安董様は、ご立派なお方でございます」

敬《うやま》う口調で言った。目を輝かせてさえいた。尾張藩邸での茶会でも、挨拶だけはしていたらしい。

「そうだな」

否定はしない。ただ自分には見せない、京の心躍らせる様子が気に入らなかった。おれはおまえの、夫だぞという気持ちがある。

しかし水墨画の掛軸のこともあるから、それとは別に礼は言っておかなくてはと思った。

「かたじけないことであった」

「はい。昨夜、お話をうかがいましたので」

京は口元に笑みを浮かべた。

それで正紀の不機嫌が、すっかり治まっている。京は、おれの力になろうとして和に働きかけたのだと受け取ったからだ。

「嬉しいぞ」

とつい言葉が出た。

「高岡藩のためでございます。あなた様だけが、お働きになるのではございますまい」

にこりともしない、そっけない返事だった。

「さようか」

聞いた正紀は、一気に気持ちが醒めた。

「おれのためではなく、御家のためか」

と感じて、がっかりしたのである。その夜は、正紀の方が京の部屋へ行かなかった。

暮れ六つ（午後六時）の鐘が鳴った後、屋敷に山野辺が訪ねて来た。「為吉」と「仗助」の名を聞き出して、木場へ行った顚末を正紀は聞いた。

「十人ほどに襲われても、怪我をしなかったのは何よりだ」

まずは胸を撫で下ろした。山野辺の腕は知っていても、多勢に無勢ということがある。何かあってからでは遅い。

そこで明日からの聞き込みには、植村と藩の徒士頭青山太平《あおやまたへい》をつけることにした。

青山は、塩の輸送で力を尽くした。剣術も、それなりの腕を持っている。

「高岡藩にも、関わる調べだからな」

正紀は言った。

「あの無宿人の中に、為吉や仗助がいたかどうかは分からぬ。しかし調べられていることを知って、あの者たちを煽《あお》ったと考えられるぞ」

山野辺は、出来事を振り返る面持ちで口にした。

「何事もないならば、放っておけば済む。後ろめたいことが、あったのであろうな」

「いかにも」

為吉と仗助の行方は、何としても捜しあてなくてはならなかった。

四

翌日、正紀は霊岸島の桜井屋へ足を向けた。番頭の萬次郎から、下総行徳の本店から長兵衛が来ていると知らせてよこしたからである。

萬次郎からは断られたが、低利での金子の借用について、明確な返答を貰ったわけではなかった。何かの条件が付くならば考えたいし、七十石の龍野醬油を手に入れられた場合の販売方法についても、意見を聞いておきたかった。

「桜の花も、すっかり見頃になりましたね」

墨堤《ぼくてい》の桜も八分から九分の咲きになった。東北では飢饉で、無宿人も増えてきている。物の値も上がって暮らしにくいという者は少なくないらしいが、それでも咲き揃う桜の姿を眺めるのは嬉しい。

大勢の人が出ているという話は、耳にしていた。長兵衛はそれを話題にしたのである。気さくな口ぶりだった。白髪で頬骨の出たうりざね顔、正紀に向ける眼差しは穏やかだ。

「萬次郎から聞いた金子の融通については、できません。井上様のお話ですからお受けしたい気持ちはありますが、商人は算盤に合わないことはいたしません」

予想通り断られた。萬次郎と同じくすがすがしいくらいはっきりとした言い方だった。

「まあ、そうであろう」

正紀も、納得している。そこで、龍野醤油にまつわる一件について話をした。

「ほう。龍野の淡口醤油七十石が手に入るのかもしれないわけですね」

長兵衛は、この部分に興味が引かれたらしかった。

「桜井屋でも、下り醤油は扱っているはずだが」

「はい。下り物を扱うようになって、湯浅や龍野の醤油を仕入れています。塩は暮らしにはなくてはならぬ品で必ず売れますが、醤油はなくても暮らせます。ただ口に合えば、買おうという方はいます。これからも増えますよ」

利幅も塩よりも大きいと付け足した。

「では商い量を、増やしたい気持ちはあるわけだな」

「土地柄野田や銚子の醬油が、幅を利かせつつあります。ですが風味の点でいえば、まだ下り物の方が、歳月を積んだ分だけ勝っているように感じます。ただ値が張りますのでね、淡口醬油を売るには工夫がいると思います」

「そうであろうな」

「脇坂のお殿様のお話では、工夫をして、色が前よりも一段と淡くなったとのことですが、味はいかなるものでございましたかな」

長兵衛は、龍野醬油の改良品を目にしていない。

「風味は劣らぬ。色をつけぬために塩が多めになっているので、薄い味ではない。料理の素材を生かすには、もってこいの品であろう」

脇坂家上屋敷で馳走になった鯛の煮物や、京が乃里から貰ってきた若竹煮の外見と味について、正紀は話した。

「もともと淡かった色がさらに淡くなり、味わいも上がっているのであれば、売り方によっては百二十両ではなく、百三十両、百四十両でも売れるのではありませぬか」

「まことか。どこも、凶作の後だぞ」

正紀が気になるのはそこだ。

「いかにも。水呑百姓や田畑の少ない小前《こまえ》の者は、苦しんでおります。しかし大地主や大百姓は、まだゆとりがあります。豪商や、荷船の船主、海辺《うみべ》ならば網元といった富裕の者は、もろもろの品の値を上げて、かえって儲けを広げている者さえありまず」

「なるほどな」

「金は、あるところにはあります。美味いもののためならば、金を惜しまぬ御仁は、どこにでもいるのではありませんか」

「それはそうであろう」

「ただ濃口の地廻り醤油と並べて売れば、安い方を買うでしょう。色が薄い分だけ、安くしろと告げてくるかもしれません」

「ありそうな話だ。手立てはないのか」

正紀が言うと、長兵衛はしばらく考えるふうを見せてから口を開いた。

「野田や銚子、いや湯浅の濃口醤油とは違う土俵に載せて売ればよろしいのでは」

「醤油であっても、濃口とはまったく違う品として、高値で売るわけだな」

これと同じことを、安董も口にしていた。

「そんなまねが、できるのか」

「できないわけではありますまい。ただ売る側は、それなりの手立てを講じなくてはならないと存じますが」

「例えば、どのようなことだ」

さっさと言え、という気持ちで正紀は片膝を前に出した。

長兵衛は、妙案があって言ったのではないらしい。またしばらく考えたところで、口を開いた。

「大名や旗本といった領主、すなわち土地の殿様から、美味いというお墨付きを頂戴したらどうでしょうか」

「そんなものが、役に立つのか」

不審の眼差しを向けても、長兵衛は動じなかった。

「土地の豪農や豪商、船主や網元といった者たちは、殿様が国許へ帰れば、献上の品を持って集まります。年始や祝い事、弔事などでも同じです。そして殿様は声をかけ、下賜の品を与えます。受け取った者たちは、大事に持ち帰ります」

名主を含めた土地の有力者は、殿様との繋がりが深い。触れを城下や宿場、農漁村へ伝える。上申をすることもある。それが通れば、面目も立つ。殿様は、無闇に土地の有力者の顔を潰すことはしない。

暴政をなす者ならば嫌われもするが、そうでなければ、関係は良好だ。

「殿様のお墨付きには、弱いというわけだな」

「そういうことで」

長兵衛はにっこりして頷いた。正紀にしても、納得はゆく。

「しかしな、お墨付きを貰うとはいっても、難しいのではないか」

「それはそうでしょう。ですがそこのお知恵を絞りだすのが、井上様のお役目では」

突き放されたような気もするが、告げられたことは間違っていない。

「初めが肝心です。腹を据えてやっていただきましょう。七十石が手に入り、お墨付きが手に入るならば、桜井屋が売り方を引き受けます。評判がよければ、その後も龍野の淡口醬油を仕入れましょう」

「まことだな」

「もちろんでございます。大松屋さんも仕入れるでしょうが、あちらは鬼怒川や小貝川流域が販路で、うちは霞ケ浦や北浦、海辺のあたりです。重なることはありません」

「高岡河岸を、必ず使うのだぞ」

「分かっております。高岡藩あっての桜井屋でございます」

これは世辞《せじ》だ。

高岡河岸の需要を増やすことは、藩の財政に関わる。人の出入りが多くなれば、村に金が落ち雇用も増える。そのためには、何としても七十石の醬油を取り返さなくてはならない。

船頭酉蔵と弟猪蔵の行方も、今は知れないままだ。

桜井屋の店を出た正紀は、深川の津久井屋へ足を向けた。植村と青山は、山野辺と共に木場へ行っている。「為吉」と「仗助」を捜すためだが、その成果はまだわからない。任せるしかないが、じっとしてはいられない気持ちになっていた。

それで足が、自然に津久井屋へ向かったのである。今は荷の出し入れをしていなかったが、人の出入りがあると、「いらっしゃいませ」と奉公人たちの声が通りにまで響いてきた。

すでに仙台堀河岸周辺の聞き込みはしているはずなので、油堀河岸へ行った。ここで塩や味噌、醬油商いの小売りの店があったので、店先にいた番頭に問いかけた。

「ここは津久井屋から仕入れをしているか」

「いえ。でも向こう岸の竹輪《ちくわ》を作る家では、塩の仕入れをしていますよ」

と教えられたので、そちらへ向かった。建物の前に立つと、竹輪を焼くにおいが漂ってくる。大きな家ではない。声をかけると、初老の女房が現れた。

小銭を与え、津久井屋について尋ねた。

「商いを差配しているのは、番頭の伴造さんです。外面《そとづら》はいいですけども、若い手代や小僧たちは、怖がっていますね。だから目につくところでは、はしはし動いていますよ」

「支払いの取り立ては厳しいと聞いたが」

「ええ、あの浪人者の用心棒が破落戸みたいなのと一緒に来て、乱暴に取り立てて行くとか。だからうちでは、怖いので仕入れ先を変えようかと思っているんですよ」

あまり良くは言わなかった。醬油は仕入れていないというので、龍野の醬油については何も知らなかった。

ここで同じように津久井屋から仕入れをしている小売りの店を、何軒か聞いた。それらを廻ったのである。

「きっちりした仕事をしますからね。うちはずっと仕入れを続けますよ。伴造さんも達次さんも、よくやっています」

そう告げる者もいた。伴造と達次は、年に何度も取手を経由して鬼怒川や小貝川流域を廻っていると聞かされた。

西猪丸に関わる手掛かりは得られなかった。

「くそっ」

と腹立たしい気持ちもするが、自分は焦っているとも感じた。

五

山野辺と植村、それに青山の三人は、新大橋《しんおおはし》東詰で待ち合わせて、木場へ行った。

丸太や角材が置かれて、木挽きの音が聞こえる。木の香の濃さも変わらないが、昨日見かけた無宿人とおぼしい者たちの姿は、同じ場所にはなかった。

しょせん烏合《うごう》の衆といっていい。無宿人はあちこちに移動して、一つ所にはいない様子だ。共にいる一瞬は仲間でも、少しでも状況が変われば赤の他人で、流れによっては命のやり取りまでする。

「昨夜は、無宿人同士が争って、死人が出たそうだ」

山野辺は朝、北町奉行所で耳にした話を、植村と青山に伝えた。

まず、昨日十人ほどに囲まれた場所へ行った。積まれた材木の様子は変わらないが、人の気配はまったくなかった。

ただ地べたに、踏みしめた跡や、固まった血痕らしきものを発見した。

「ともあれ、聞き込みを続けよう」

山野辺が先頭に立って歩き、一人でいる者、たむろしている者に声掛けをした。昨日襲ってきた者が一人でもいれば、捕まえるつもりでいる。しかし昨日聞き回って、顔を見た覚えのある者はいたが、襲ってきた顔は見かけなかった。

「十人がかりで、人を襲ったって。そんな話は、聞かねえなあ」

さして関心も示さなかった。

昨日は死人も出ているわけだが、流れてきた無宿人にとっては、見も知らぬ者の命については関心はないらしかった。

相変わらず嘗《な》めた態度をとる者はいるが、こちらは三人いる。しかも植村は巨漢だ。歯向かう態度を取る者はいなかった。

「仗助ってえのとは、話をしたことがあるぞ。陸奥《むつ》の国から出てきたとか言っていたな」

「それは、いつのことか」

年齢は合いそうだった。

「かれこれ、十日くらい前だね。今どこにいるかって、そんなことは知らない」

「おれも、仗助のことは覚えているぜ。賽子《さいころ》振ってよ、二十文、持っていきやがった」

やり取りを聞いていて、そう言ってきた者もいた。三十半ばの、鼠《ねずみ》を思わせる顔をしている。

「それ以後、顔も見ていないわけだな」

「いや、見かけた。あいつ、仙台堀の河岸道を歩いていやがった。四、五人でだったな」

それは五、六日前だそうな。向かった先は、大川のある方だとか。

「どんな者たちだ」

「浪人者が一人いて、それに続いておれたちみたいなのが歩いていたんだ。ありゃあ、銭になる話じゃねえかな。おれも、ついていきたいところだった」

「その浪人者の顔つきや年恰好を、言ってみろ」

山野辺が告げると、植村や青山も鋭い眼差しを男に向けた。

「ええと、三十歳くらいじゃねえかね。顔は……、ちょっと怖い感じだったねえ」

怖い、では顔の特定はできない。男は仗助に気を取られて、はっきりとは覚えていない様子だった。ただ三十前後だというのならば、功刀と重なる。

さらに、聞き取りを続ける。近寄ると、逃げてしまう者もいる。六、七人がたむろしている場所があった。

「あれは」

その中の男の顔に、見覚えがあった。昨日襲ってきた十人ほどの中の一人だった。

注意して見ると、もう一人いた。

「あれと、あれが、昨日襲ってきた中にいた者だ」

植村と青山に伝えた。

「よし。とっ捕まえよう」

三人で頷き合った。

「おい」

そっと近づいて、山野辺が声をかけた。昨日いた男の内の一人が、こちらの顔に気がついたらしい。

「ひっ」

悲鳴を上げた。そして立ち上がり、駆け出した。昨日とは様子が違う。山野辺は、その男を追いかけた。もう一人は、植村と青山に任せるつもりだった。

巧みに、積まれた材木の間を駆け抜けて行く。俊足だ。しかし山野辺も負けない。足腰は常に鍛えている。

徐々に近づいて、ついに襟首を摑むことができた。足をかけると、勢い込んだ体が、前のめりに倒れた。

腕を摑み、後ろに捩じり上げると呻《うめ》き声を上げた。

「昨日は、誰に頼まれておれを襲ったのだ。言わなければ、腕をへし折るぞ」

力をさらに加えながら言った。

「た、為吉だ。みんなでやっつけたらば、ご、五十文ずつくれるって、言ったんだ」

「為吉は、どこにいる」

「し、知らねえ。き、昨日、あのとき、初めて会ったんだ」

銭は、もらえなかったらしい。襲撃に、為吉は加わっていなかったようだ。ただ離れたところから見ていて、気がついたときにはいなくなっていたという。

元の場所へ引っ立てて行った。すると植村と青山が、もう一人の男を縛り上げて待っていた。他の者は、姿を消している。

「五十文の銭に引かれて、襲う仲間に入ったそうだ」

問い詰めた内容は、山野辺が聞いたことと同じだった。この男も、為吉の居場所を知らなかった。仗助については、二人とも顔も見たことがないと言った。

「では、ここ以外で為吉の顔を見たことは、ないわけだな」

山野辺が、念を押した。

「そ、それが。大横川《おおよこがわ》の河岸で、見たことがある」

植村らが捕えた方の男が言った。

「いつ、どこでだ」

「二、三日前で、木置場に近いあたりだった」

それならば、西猪丸が不明になった後になる。その場所へ、案内させることにした。

大横川は北十間川《きたじっけん》から分かれて南下し、木置場の東の外れまで流れが続いている。

このあたりの川の東側にはうらぶれた町があって、その先は十万坪《じゅうまんつぼ》と呼ばれる広大な荒地になっていた。

「ここです」

橋を渡ってすぐの石島町《いしじま》である。古ぼけた納屋の前で、為吉は数人の無宿人たちと、その入口の前でたむろをしていた。

「張り番でもしているみてえでした」

そこで、隣家の女房に尋ねた。牛蒡《ごぼう》のように浅黒い痩《や》せた三十女だ。

「ええ、四、五日くらい前から昨日まで、あの納屋に醤油樽を入れていました」

「まことか」

山野辺ら三人は顔を見合わせた。醬油樽は、昨日運び出されたのである。もちろんその行き先を、女房は知らない。

そこで、納屋の持ち主を聞いた。木置場の西側、東平野町《ひがしひらのちょう》の雑穀問屋の持ち物だと分かった。

捕えた無宿人を植村と青山に預けて、山野辺は雑穀問屋へ行った。

「置き場所がないからって、無理に頼まれたんですよ。でもね、明日から、前から決まっていた借り手が品を入れる。それで昨日までの一時置場として、貸しました」

店にいた中年の番頭に尋ねると、そう返答をした。借りた日にちを確かめると、西猪丸が不明になった翌日からだった。収めた品が醬油だというのは、初めに聞いたという。

「では、貸した相手は誰か」

これが何よりも重要だ。

「今川町の下り塩仲買問屋の津久井屋さんです。お見えになったのは、番頭の伴造さんでした」

「そうか」

腹の奥が、一気に熱くなった。体に力が入ったのが分かった。

「どこの、どういう醬油か、話したか」

「商いの品だと、おっしゃいました。それ以上のことは、聞きません」

「納屋の中を、見せてもらえるか」

「はい」

番頭は、「今日中にお返しください」と告げた上で、錠前の鍵を渡してよこした。

山野辺は、植村らが待つ納屋まで戻って、その戸を開けた。もちろん誰に貸していたかなどについても、そこで伝えた。

「なるほど、ますます怪しいな」

植村と青山は頷き合った。

納屋の中に、足を踏み入れる。天井近くの明り取りから、日が差し込んでいた。雨露だけはしのげるといった古い建物で、歩くと床が軋《きし》み音を立てた。

広いとはいえない。七十石の醬油樽がどれほどの嵩になるかは分からないが、すべて入れるには狭い気がした。

「醬油のにおいが、残っていますね」

鼻をくんくんさせてから、植村が言った。

「奪った醬油を入れたのでしょうな」

「いつまでも、船に載せておくわけにはいかないですからな」

青山の言葉に、山野辺が応じた。

「しかし津久井屋の伴造に問い質《ただ》しても、商いの品だと答えるだけでしょう」

これは植村の考えだ。

「それはそうだが、功刀と酒を飲んでいた為吉は、調べられては具合が悪いゆえに、金をやって山野辺殿を襲わせたのでござろう」

「いかにも。におうのは、醬油のにおいだけではありませぬぞ」

青山と植村が話している。

山野辺は醬油のにおいが気になって、改めて鼻を動かした。

「このにおい、我が家で使う醬油とは、どこか違う気がするが」

感じたことを、口にした。

「なるほど、そういえば」

青山と植村も、改めて嗅ぎ直した。しかしどこがどう違うか、素人《しろうと》には分からない。同じような気もする。

「これは龍野醬油のにおいでは。淡口だというから、違いがあるのではないか」

「そうだな。ならば大松屋の主人亀八郎に嗅いでもらおう」

山野辺は、小舟を雇って北新堀町の大松屋へ行った。そして主人の亀八郎に事情を伝えた。

「ぜひ、においを嗅がしていただきましょう」

亀八郎は、目の色を変えた。

早速、待たせていた小船に乗せて、深川石島町へ向かう。山野辺は船上で、ここまできた顚末を話して聞かせた。

納屋の戸は、閉じられていた。においが逃げないようにという配慮からだ。舟を降りた亀八郎は、再び開かれた戸の中へ駆け込んだ。

「なるほど、これは」

しきりに鼻を動かす。強いにおいではないから、すぐに断定はできないのかもしれない。

あちらこちらと場所を移してにおいを嗅いでから、山野辺らに顔を向けた。

「龍野の淡口醬油のにおいだと思います」

「間違いないのだな」

植村が念を押すと、亀八郎は顔に困惑の色を浮かべた。苦渋の顔と言ってもいい。

「決めつけることはできません。違うと言い張られたら、どうにもなりません」

悔しそうに言った。

「この納屋に、七十石の醬油が入り切るか」

「いや、無理です。せいぜい二十石ほどでしょう。すべてを一度には置けなくて、分けておいたのではないでしょうか」

「場所ができて、運び出したわけだな」

ともあれこれで、酉猪丸の行方不明と津久井屋との関わりが現実味を帯びてきた。

「大きな前進だ」

と、山野辺は呟《つぶや》いた。

六

正紀が屋敷へ帰ると、佐名木の執務部屋に京がいて話をしていた。和が所有していた狩野永納の掛軸を買った商人が、金子を持ってやって来た。京が立ち合って、金子を藩庫に納めたところだそうな。

「ご苦労でした」

掛軸を売るにあたっては、京の尽力が大きい。和に対する、申し訳ない気持ちもある。その胸の内を、その言葉で伝えたつもりだった。

そして正紀は、桜井屋長兵衛とした龍野醤油の売り方についての話を二人にした。

「長兵衛は、堅実な商人でございますな」

売るための材料がなければ仕入れない。したたかといってもよさそうだが、佐名木は納得がゆくといった顔で頷いた。

「値に見合う中身があると分かれば、人は高くても買う。商人が揉み手をして勧めても、ではすぐにとはいかぬでしょう。領主のお墨付きがあれば、との話でございますな」

「うむ。ただ買えというだけでは、人は金を出さぬからな」

「買い手に、良い品であることを分からせるのが大事なのですね」

正紀の言葉に、京が応じた。正紀と佐名木のやり取りに、関心を持ったらしかった。

「高岡河岸で、常の輸送品として扱えれば、藩としては助かります」

桜井屋の下り塩は、徐々に売り上げを伸ばしている。扱い量も増えているが、戸川屋の納屋の閉鎖が続けば、差し引きして増収にはならない。それを踏まえた佐名木の言葉だ。

「しかしどうやって、各地の殿様からお墨付きを貰うか、そこが難題だぞ」

各屋敷を一つ一つ廻って頼むという手もないではないが、それではまるで商人のようだ。もちろんいざとなれば何でもする覚悟だが、他に手立てがないか、考えなくてはならない。

「そうですね。知恵を絞らなくてはなりません」

京が言った。

暮れ六つの鐘が鳴る頃、植村と青山が屋敷へ帰ってきた。正紀は、亀八郎に醬油のにおいを嗅がせたところまでを聞いた。

「やはり、津久井屋の仕業であろう」

後は、有無を言わせぬ証拠を摑まなくてはならない。酉蔵と猪蔵の二人の船頭の行方も気になる。

「荷船に樽を積んでいたのは、無宿人といった者たちだったようです。隣の女房は、その様子を見ていますが、荷船が船着場を出るときには家に入っていました。ただそのとき、船首は北へ向いていたそうです」

山野辺は、捕えた二人の無宿人を、鞘《さや》番所でじっくり取調べることにした。そして植村と青山は、亥の堀川の北側を、醬油樽を積んだ荷船を見なかったかと聞き歩いた。

「気づいた者はありましたが、行き先は摑めませんでした」

「もう江戸から、遠くへ運ばれてしまったのではないでしょうか」

植村は心細げな声を出した。その可能性もないではないが、まだ調べ切ってはいない。

「聞き込みを、明日も続けよ」

正紀は命じた。


翌日、南北の町奉行所では、今年に入って三度目の無宿狩りを行った。治安の悪化が目に余るという、町年寄からの申し出があったからだ。

定町廻り同心だけでなく、他の係りの与力や同心、土地の岡っ引きなども駆り出された。乱暴にやるから、少なくない怪我人も出た。

捕えた者は、小塚原《こづかっぱら》へ仮小屋を建てて押し込めた。川浚《かわざら》えや土手の修理などを行わせる。態度の悪い者は、佐渡へ送る。逃げた者は捕えて、牢屋敷へ入れた。

小塚原では、大釜に雑炊を拵えて食べさせた。態度のよい無宿人に作業をさせる。

山野辺は半日、送られてきた者たちに食事をさせる指図を行った。腹を空かせている者も少なくないので、大釜の前には行列ができた。

二人三人と集まって、飯を食いながら喋っている者もいる。どこの在の者かと聞き、街道であった出来事などを話している。また江戸で見て驚いた体験を口にしている者もいた。

「小名木《おなぎ》川っていう真っ直ぐな川があってよ、怖ろしいものを見た」

「何でえ。夏でもねえのに、化け物でも現れたのか」

「そうでねえ。二人の男が、浪人者に襲われたんだ。おれは土手で居眠りしていたんだ。すきっ腹かかえてよ。そしたら河岸道で声が聞こえたんで、頭だけ出して覗いたんだ」

「斬られたのか」

「ばっさりやられた一人は、死んだな。ぴくりとも動かなかった」

「もう一人はどうした」

「腹を斬られて大怪我したみてえだったが、逃げたようだ。おれもやられるかと思ってよ、体が震えた。声が出ねえように、口を手で押さえた」

山野辺は二人の話を、背後に立って聞くともなく耳にしていた。しかし小名木川、男が二人というところが気になって、そこからは耳をそばだてていた。

「斬られたのは、何者か。おれたちみてえに、江戸へ出てきた者か」

「そうじゃあねえな。三十くれえの歳で、一人が斬られたとき、いそうとか声をかけた」

これで山野辺は、話をしている男に問いかけた。

「それは、いつのことだ」

二人は、ぎょっとした顔になった。役人に聞かれていたとは、思いもしなかったらしい。

聞き役だった者を追い払い、人の群れから離れたところへ移して話を聞き直した。

「ええと、あれはいつだったか」

はっきりとは思い出せないらしい。

そこで順序だてて思い出させた。夕刻のことで、聞いていると酉猪丸が姿を消した翌日だと分かった。

「二人が逃げてきて、浪人者が追いかけていたのだな」

「へえ。追い付いて、すぐに刀を抜いた」

他に人の姿は見えなかったとか。

「どこから逃げてきたのか」

「それは、うーんと」

よく分からない様子だった。江戸へ出てきて、まだ数日だという。土地勘などなくて、小名木川という川の名前も、やっと覚えたところらしい。

「まことに、斬られて殺されたのだな」

「ま、間違いは、ね、ねえです。倒れて、それきり、う、動かなかったんですから」

「そうか」

惨殺死体が現れたならば、必ず町奉行所に届けられる。山野辺は事件以後、毎日必ず確認をしていた。しかし小名木川河岸で死体が発見されたという報告は、入っていなかった。

あれば何を置いても、調べに加わっている。

「い、いそうと声をかけたそうだが、それは猪蔵ではなかったか」

「そういやあ、そうかもしれねえです」

「それでその方は、その後どうしたのか」

「ど、土手伝いに、逃げました。こ、殺されるんじゃねえかと思いましたから」

目の前で人が斬られれば、恐怖にかられるのは当然だ。嘘《うそ》をついているとは感じなかった。ただ逆上していたはずだから、耳にした言葉が猪蔵かどうかは決めつけられない。

何であれ、詳しく調べる必要がありそうだった。

男は下野国《しもつけのくに》から出てきた、次助《じすけ》という者だ。二十四歳だという。

仮置き場を差配をする与力に事情を伝えて、山野辺は次助を連れ出すことにした。

小名木川河岸へ連れてゆく。

七

「場所は、覚えているな」

「へえ、行けば分かると思います」

山野辺は、次助を伴って小名木川河岸に出た。道々、河岸道の様子を聞いている。

「小名木川と、名の知らない川が十文字に交わるあたりです」

次助の話を聞いていると、その川は大横川だと見当がついた。

小名木川も、大川への河口に近いあたりの町は、住んでいる者も人の行き来も多い。

しかし大横川とぶつかるあたりに来ると、深川も東の外れで空き地も増え、人の通行
もめっきり少なくなる。

交差する川の手前で、小名木川に橋が架かっている。これが新高橋《しんたかばし》だった。この北
橋詰に、山野辺と次助は立った。

「どうだ。この景色に、見覚えはないか」

小名木川と交わる大横川の北側には猿江橋《さるえ》が、そして南側には扇橋《おうぎばし》が架かっている。

鄙《ひな》びた町屋が、川に沿って建ち並んでいた。

次助はどこか怯えた面持ちで、周囲を見回した。そして「はっ」と小さな声を上げて、息を呑み込んだ。

「ここです。間違いありません。おいらはここで、石垣に寄りかかってうとうとしていたんです」

土手際まで行った。新高橋に近い、小名木川の北側である。春とはいえ、夕方になると川風も冷たくなる。目を覚ましたとき、乱れた足音を耳にした。

それで河岸の道に、首だけを出した。

「二人が駆けてきたのは、あっちの方向です」

指差したのは、猿江橋を東へ渡った、小名木川の北河岸である。町家もあるが、大名家の下屋敷や、旗本屋敷、そして寺があるばかり。さらに先には、猿江御材木蔵《おざいもくぐら》がある。

人通りもほとんどなくて、盗んだ七十石の醤油樽を隠しておくには、うってつけの場所だと思われた。

「どのような動きだったのか、詳しく話してみろ」

「うんと、このあたりで追ってきた浪人が追いつきました。そんときは刀を抜いていて、後ろにいた方が振り向いた。そこで腹をやられたんです」

その場所が、猿江橋を西へ渡った袂《たもと》のあたりだった。

「先にいた方が、名を呼んだわけだな」

「そうです。腹をやられた方は、よろよろとして土手の方へ寄って行った」

指差す先には、船着場へ降りる細い道があった。

「浪人者は、そこでもう一人の方へ斬りかかったわけだな」

「そうです。ばっさりとやりました。肩から胸にかけてです。やられた方は、声も出せませんでした」

倒れたまま、ぴくりとも動かない。

「腹を斬られた方はどうしたのか」

「そんなことは、分からねえ。ただもう体が震えて、おれはじっとしてなんかいられなかった。頭を引っ込めて、水べりを大川の方へ走ったんだ」

気持ちとしては、分からなくはなかった。

「そのとき、川に変わったことはなかったか」

「さあ」

と首を傾げてから、言葉を続けた。

「何か動いた気がした。土手はかなり暗くて、気にするどころではなかったけどよ、舟が通ったのかもしれねえ」

「なるほど」

ならば腹を斬られた方は、そのとき土手に下りていれば、その舟に助けを求めることはできたかもしれなかった。

「そのとき、他に人はいなかったか」

「さあ」

次助は、それどころではなかったようだ。

斬られた者が酉蔵と猪蔵ならば、船と荷を奪われた後、この近辺のどこかに捕えられていたと考えられる。そして逃げ出したところで気付かれ、追われて斬られたのだと察しられた。

いずれにしても、死体が発見された報告はない。

「倒れた体を、どこかに運んだな」

と見当がついた。

そこで新高橋の北詰に隣接しているしもた屋へ行って、問いかけをした。

「近頃は物騒ですからね、夕暮れどきになったら、外になんて出ませんよ。いったい、何があったんですか」

出てきた婆さんは、そう言った。日にちを伝えても、何も反応を示さない。

「刀を抜いての、ぶつかり合いだ」

取りあえずそう言った。

「おお怖い。でも家の中にいたから、気がつかなかったですねえ」

「夜や翌朝、騒ぎにはならなかったわけだな」

「はい。なりませんでした」

さらに、川に面した家々に問いかけをした。

「そういえば、船着場に血の塊みたいなものを見たと言った人はいましたよ」

と告げた住人はいた。それを話した者にも会ったが、それ以上の何かを目にしたわけではなかった。

「どかした死体を、どこへやったか」

斬殺した者にしてみれば、手早く始末をしたいだろう。どこかに埋めた可能性もあると考えて、まずは小名木川の土手を探った。まだ数日しかたっていない。掘り返した跡でもあれば、そこが怪しい。

次助にも手伝わせた。徐々に、東側へ歩いて行く。石垣が崩れかけたところや、土の剝《む》き出しになったところもそれなりにあるが、改めて掘り返した場所はなかった。

それでも、一丁（約百九メートル）ほどは進んだ。

「旦那、あれは」

と言って、次助が指差した。目をやると、周囲とは違う土を掘り返したような跡が見受けられた。こんもりと盛り上がっている。

そこで近くの町の自身番へ行った。手伝いの者と、地べたを掘る道具を調達した。

「乱暴にやるなよ。何が出てくるか分からぬからな」

丁寧に掘らせた。

「わあっ、こ、りゃあ」

掘っていた男が、悲鳴を上げた。腐乱した人の体が現れたのである。鼻を衝くような異臭も押し寄せてきた。

けれどもそれで、逃げ出すわけにはいかない。

さらに人を呼んで、戸板を用意させた。この上に、遺体を移したのである。山野辺は鼻に手拭いを当てながら、遺体を検めた。

男であるのは間違いない。肩から胸にかけて、ばっさりやられた刀傷の痕跡が認められた。

「新高橋で見た、斬られた男ではないか」

腹をやられた者ではない。だとすれば、この遺体は酉蔵だと考えられる。

次助は体を震わせながら、泣きそうな顔でその死体に目をやった。

「わからねえ。でも、身に付けているのは、こんなようなものだった」

これでは、誰と断定はできない。そこで山野辺は、町奉行所へ知らせると共に、大松屋亀八郎と酉蔵の女房お吉を呼び寄せることにした。

使いを出して一刻（二時間）もしないうちに、亀八郎とお吉を乗せた舟が艪音《ろおと》を響かせながらやって来た。二人は蒼ざめた顔つきで舟から降りた。

「こちらだ」

山野辺は遺体のある場所へ連れてゆく。遺体には藁筵を被せていた。

顔は腐乱していて、見せるのは憚られる。取りあえず体の部分だけ捲って、姿を見せた。

亀八郎もお吉も顔を強張らせ、息もできない様子で遺体を見詰める。ひょっとしてお吉は、気を失うのではないかと案じたが、気丈な質《たち》らしかった。

歯を食いしばって、見詰めた。そしてみるみる目に涙がたまって、零《こぼ》れ落ちた。すぐには声にならないが、何かを言おうとした。

居合わせた者は、息を呑んだ。

「これは、亭主の西蔵です。身に付けているものは、あの日、家を出て行ったときのものに、違いありません」

掠れた声で告げた。亀八郎が、その肩を抱いて、崩れそうになる体を支えた。

「私も、身に付けているものに、見覚えがあります。背丈も、体つきも、ぴったりです」

亀八郎には、顔を見せた。

「西蔵さんです」

と断定した。

お吉は、藁筵の上から遺体に手をかけた。異臭が漂ってくるが、悲しみの方が大きいらしかった。

「ひでえことをしやがるな」

殺した者への怒りが、体の芯から湧き上がってくるのを山野辺は感じる。亀八郎も、体を震わせながら怒りを示した。

「下手人を捕えてくださいまし。そのためならば、どんなお手伝いでもいたします」

亀八郎は言った。

この一件について、正紀はその日のうちに山野辺から伝えられた。

「醤油を奪われた後で、酉蔵と猪蔵は捕えられていたのであろうな。おそらく隙を得て逃げ出したが、追われて斬られたのだろう」

「すでに向こうにしてみれば、用済みだからな」

正紀は山野辺の言葉に応じた。

「荷は、あの近くのどこかに置かれているのではないか。これから、念入りに捜してみるつもりだ」

「酉猪丸は、どうしたのであろうか」

七十五石積みの船は、小舟とはいえない。近くにあれば目立つはずだ。船首近くには、船の名が記されているだろう。

「江戸の近くでは無理だが、荒川の上流あたりへ行けば売れるであろう。船の極印《ごくいん》など、鉋《かんな》で削ってしまえばそれまでのことだ」

「おのれ。非道なまねをするではないか」

「まったくだ」

正紀と山野辺は、憤怒《ふんぬ》にかられた。やったのは、十中八九功刀だ。津久井屋の仕業だと、気持ちの上では断定していた。

第四章　四斗の樽

一

植村と青山は、朝から石島町の納屋へ行った。船着場に荷船が停まり、炭俵が運び入れられていた。人足たちの掛け声が、あたりに響いている。

二人は昨日話を聞いた隣家の女房に、改めて問いかけをした。醬油樽ということばかりが頭にあって、詳しい話を聞いていなかった。

今日は幼子を背負っている。植村が小銭を与えた。

「ええ、荷を入れるところと出しているところは見ましたよ。醬油の四斗樽でした。人足というよりも、無宿人といった感じの汚い身なりの人が運んでいました。声がしましたからね、すぐに分かりました」

それで覗いて見たのだという。植村は問いかけを続ける。

「指図をしていたのは、どのような者か」

「お侍です。あれはご浪人ですね。歳は三十前後くらいじゃないですか」

「お店者《たなもの》は、いなかったのか」

「そういえば、見ませんでしたね」

ずっと見張っていたわけではない。ただそのときは見かけなかった、と言い直した。

「無宿人が荷を運び、お店者ではなく浪人者がその指図をしたわけだな」

青山が念を押すと、女房はどきりとした表情になった。青山の言い方は、荷が胡散《うさん》臭《くさ》い品だと伝えているようなものだからだ。

植村は、その浪人者は功刀だろうと踏んでいる。青山もそう感じているから、口に出したのだ。

「人足たちは、その荷船に乗り込んだのか」

「いえ、違うと思います。船が行ってからも、河岸にいましたから」

酒でも飲みに行こうと、話していた者がいたらしい。おそらくそこで駄賃を貰い、男たちは散っていったと女房は告げた。

浪人者は、船に乗って行った。

「無宿人たちには、行き先を知らせぬようにしたのではないか」

女房と別れて通りへ出ると、青山が言った。

船首は北の小名木川方面へ向いていた。そこで植村と青山は、四斗の醬油樽を積んだ荷船の行き先をたどるべく、大横川の河岸の道を進んだ。

「そういえば、見ましたよ」

川沿いの住人で、そう言った者はいた。夕暮れどきだったが、西日が当たって醬油樽だとは分かったらしい。

小名木川とぶつかった。その周辺で聞くと、醬油樽を積んだ荷船が竪川《たてかわ》方面に進んでいる姿を見た者がいた。

「よし。荷船の行き先を、摑めるかもしれませぬぞ」

植村が言うと、青山は頷いた。二人は意気込んだ。そして竪川と交差するあたりに出た。

「はて、醬油樽を積んだ荷船ねえ」

川の周辺で念入りな聞き込みをしたが、荷船を見たと告げる者は現れなかった。

「このあたりへ来たときには、日は落ちていたのかもしれぬ」

「確かに、船に明かりを灯していなければ、河岸にいる者には見えにくいでしょうな」

青山の言葉に、植村は応じた。

こうなると荷船の行方は、三つに分かれる。そのまま大横川を北へ進んだか、竪川に入って西か東のどちらかに行ったかのどれかだ。

それぞれの方向へ足をやって、問いかけをした。しかし醬油樽を積んだ荷船を見たと話す者はいなかった。

荷船は、闇の向こうに消えてしまった。

山野辺は、植村と青山の報告を呉服《ごふく》橋門内の北町奉行所で聞いた。

「分かりました。ならば津久井屋から直に聞いてみましょう」

と二人に伝えた。もちろん、奪った醬油樽を石原《いしわら》町の納屋に置いたかと聞くのではない。

植村と青山を伴って、山野辺は深川今川町の津久井屋へ行った。もちろん二人は、離れたところで待たせている。

番頭の伴造と面談をした。店の上がり框《がまち》に腰を下ろすと、小僧が茶を運んできた。

町奉行所の与力として話をしている。

「先日、無宿人の取り締まりを行った。存じておるな」

「もちろんでございます。お陰様にて、荒くれ者がすっかり姿を消しましてございます」

心のこもらない、慇懃なだけの言い方だった。ただ最初に見せた眼差しは鋭かった。何をしに来たのかという顔だ。けれどもそれは、すぐに消えている。

「そこでだが、捕え損なった十名ほどの者が人を襲った。金品を奪って逃げたのだ」

「怖ろしい話でございますね」

伴造は顔を顰《しか》めた。

「その者たちは、木場あたりから大横川方面へ逃げた。そのあたりでも、物盗りを行っていてな」

作り話だが、山野辺は実際にあったことのように話している。話しながら、伴造の顔の変化に気を配っていた。

「なるほど」

「そこで石島町や対岸の島崎《しまざき》町周辺で、狼藉や物盗りに遭った者はいないか聞いて廻った。するとこの店では、川端にある納屋に荷を預けたというではないか。何か悪さをされてはいないか、尋ねに参ったのだ」

倉庫の持ち主から聞いたと、付け足している。

「それはそれは、ご苦労様でございます」

伴造は丁寧に頭を下げた。動揺する様子はまったく見せない。口元には笑みさえ浮かべている。ただ眼差しは冷ややかで、こちらの訪問の真意をうかがっていると感じた。

「入れていた荷は、何か」

「紀伊湯浅から仕入れた、醬油でございます。四斗樽で、二十四ございました」

口にするのを、躊躇う気配はなかった。

「すべて無事だったのだな」

「お陰様にて」

「それはよかった。何よりのことだ。してその醬油樽は、どこへ行ったのか」

顔に笑顔を浮かべ、ついでのような口ぶりで問いかけた。

「私どもと古い付き合いの、常陸の小貝川筋の問屋へ卸します。まずは利根川の取手河岸へ向けて、出荷をいたしましてございます」

「そうか、繁昌しておるな」

「いえいえ、それほどではありません」

もし江戸のどこかだと言ったら、場所を聞いて行ってみるつもりだった。しかしそれをさせない返答をしてきたのである。

したたかなやつだと思ったが、口には出さない。

「湯浅の醬油か。下り物には龍野醬油もあると聞くが、ここでは仕入れぬのか」

「これまでの付き合いもありますので」

当然だという顔で返答をした。

「手間を取らせた。商いに励むがよい」

そう言い残して、山野辺は立ち上がった。

津久井屋を出ると、通りで小僧が水を撒いていた。山野辺はその小僧を、通りの端で手招きした。店の中からは見えないところに、移動させたのである。

「この数日の間に、湯浅から醬油の入荷があったか」

笑顔で問いかけている。

「はい、ありました」

「荷はどうしたのか」

「次の日とその次の日には、本所深川の小売りや、常陸の問屋へ送りました」

「では、他で納屋を借りてはいないな」

「そういう話は、聞いていません」

　伴造に問い質せば、新たな言い訳をするかもしれない。しかし信じられるのは、小僧の言葉の方だった。

「達次という、手代の姿が見えぬが」

　これも、気になっていた。

「旦那さんのお指図で、取手河岸へ行っています」

　商いのために、年に何度か出かけるという話は聞いている。

「達次は、なかなかのやり手だそうだな」

「はい。旦那さんの、妹の子だそうです。近く番頭になると聞いています」

　主人庄右衛門の甥となる。奪った醬油を運ばせるのならば、誰でもいいというわけにはいかない。血の繫がった甥ならば、適任だと思われた。

　待っていた植村と青山に、山野辺は伴造としたやり取り、及び小僧から聞いた話を伝えた。

二

正紀は佐名木を交えて、植村と青山からの報告を受けた。

「聞き込んだ内容をすべて繋げれば、石原町から運び出された醬油は、奪われた龍野の品ということになりそうだな」

正紀が口にすると、佐名木も頷いた。

「すでに醬油が取手へ運ばれたか、まだ江戸にあるかははっきりいたしませぬ。しかしそのままにはできませぬゆえ、捜したいと存じます」

植村が言った。調べ切れていないことを、面目なく思っているらしかった。

「ならばその役目、本所の下屋敷の者に命じましょう。あそこの者ならば、大横川周辺には土地勘がありまする」

佐名木が言った。

高岡藩の下屋敷は、大横川のさらに東で横十間川《よこじっけん》の手前にある。南北の割下水《わりげすい》の中間あたりだ。十名ばかりの藩士が詰めている。

「うむ、それがいい。二十数樽だけの醬油をわざわざ取手へ運ぶとは思えない。どこかにまとめられているということも、充分に考えられるぞ」

「そうですな。七十石の醤油樽となれば、それなりの量になる。誰かが見ていてもおかしくはないが、その話は少なくともこれまでの調べでは出てきていない。探る価値はありそうだ」

正紀と佐名木の言葉に、植村と青山は頷いた。

「ただすでに取手へ送った、ということも考えに入れなくてはなりますまい。いかがでございましょうか、この二人をかの地へやって確かめさせては」

「それもそうだな」

「かの地には、戸川屋の店と納屋がありまする。津久井屋の荷は、取手河岸へ行けばその納屋へ入れられることになりましょう。またなくても、奪った醤油を売るつもりならば、何らかの動きをしているはずでござる」

「確かに。手代の達次は、江戸を発《た》っているわけだからな。売るならば鬼怒川や小貝川流域となるであろう」

佐名木の意見を、入れるべきだと正紀は考えた。どう売るつもりなのかも、知っておかなくてはならない。

「ぜひ、行かせてくださいませ」

植村が言うと、「それがしも」と青山も声を揃えた。

命を受けた植村と青山は、慌ただしく旅の支度を整えた。暮れ六つ過ぎには、両《りょう》国橋《ごく》下の船着場から六斎船《ろくさいせん》に乗り込んだ。

関宿まで、人を運ぶ船である。客船ではあるが、高瀬舟《たかせぶね》に筵を敷き菰《こも》の屋根で雨露をしのぐ程度の代物だ。しかし歩かないで江戸と関宿間を移動できるので、大勢の旅人が利用した。

関宿までの片道の船賃は、百二十五文だった。

「これで明日の昼には、関宿へ着く。寝ていけるから、大助かりだぜ」

「まったくだ」

旅の商人が話をしている。

国許の高岡へ向かうときは、まず下総行徳まで船で行って、そこからは木颪《きおろし》街道を陸路で進み利根川に出る。そして木颪河岸で船に乗り、高岡河岸にいたるという経路を使う。

だが戸川屋の荷船を含めて、水路だけを使って取手河岸へ荷を運ぶ場合は、まず行徳を経て江戸川を上り関宿に向かわなければならない。

関宿は日光《にっこう》街道の脇街道として利用された日光東往還の宿場であるだけでなく、利根川と江戸川が合流する水上輸送の要衝だ。ここで江戸から運ばれた荷は、利根川の上流や渡良瀬《わたらせ》川、思川《おもいがわ》、利根川の下流などへ向かう船に分けられ載せられる。また各地から集まった荷は、まとめられて江戸へ運ばれた。

戸川屋の船は初めから取手河岸を目指すので、ここで荷の入れ替えをすることは少ない。しかし関宿を通らなくては利根川には入れないので、必ず通る場所といえた。

「津久井屋の荷は、戸川屋の船を使って取手へ運ばれる。奪った醤油を、戸川屋の船で運んだかどうかは明らかではないが、水路で運ばれたのは明らかだ」

「ならば同じ経路で、向かおう」

ということで、六斎船に乗り込んだのである。木颪河岸から取手に出る経路もあったが、それは選ばなかった。

まずは夜の小名木川を東へ進む。乗船する者は、弁当を食べたり酒を飲んだりし始める。植村と青山も、持ち込んだ握り飯を食べた。

そしていつの間にか、眠りに落ちた。

植村が目を覚ましたのは、東の空がわずかに明るくなり始めた頃だ。

「ここはどこか」

「流山《ながれやま》を過ぎて、野田へ着くところですね」

船頭に問うと、そう返答があった。

徐々に、空が明るくなってゆく。岸辺の様子がはっきり見えるようになるが、利根川で見た景色とそうは変わらない。ただ川幅は、江戸川の方がやや狭い気がした。

人家が集まる河岸が、近づいてきた。降りる支度を始める者もいた。野田の河岸場である。

ここで降りる者もいるし、厠《かわや》で用を足したり、握り飯を買う者もいた。近くの船着場では、二百石の弁才船に醬油樽を積み込んでいる。

植村は傍まで行って、人足に問いかけた。念のために聞いたのである。

「これは、下り物の龍野の品か」

すると人足は、嘲笑うような目を向けた。

「冗談じゃねえですぜ。ここは野田ですからね。醬油の醸造蔵があって、江戸へだってたくさん出している。そんな他所の醬油を扱う者は、このあたりにはいませんぜ」

と言われて、納得がいった。やや離れたところに、醸造のための大きな蔵が見えた。

船は再び水上を滑って、関宿へ向かう。何艘もの、荷を積んだ帆船とすれ違った。追い越していった船もある。

彼方の空に、噴煙を上げる浅間《あさま》山や赤城《あかぎ》の連山がうかがえる。向きを変えると、日光連山や筑波《つくば》の山も見えた。

「あれが関宿城だ」

青山が、川上に指をやって示した。町が見え、そこに城が聳《そび》えているのがうかがえた。植村にしてみれば、初めての土地だ。関宿藩久世《くぜ》家五万八千石の城下町でもある。江戸にはかなわないが、大きな町だ。河岸にはいくつもの船着場が見えて、大小の荷船が停まっている。店や納屋も並んでいて、荷運びをする人の姿がうかがえた。

六斎船は、ここで終点となる。乗っていた者たちは皆、下船する。城下町へ行く者、陸路で遠路の旅を続ける者、船を使ってさらに旅を続ける者など様々だ。

植村と青山は、船着場の番人や人足たちに問いかける。

「この数日で、龍野の醬油を運んできた船はなかったか」

「醬油はあったぜ。でも龍野の品かどうかは、分かりませんね」

と返される。利根川を上って行った品もあれば、下って行った品もある。番人や人足は、どこの産の醬油かなど、いちいち覚えてはいない。

関宿城の東側、利根川にある境河岸から銚子へ向かう荷船があるというので、植村と青山はそれに乗り込んだ。春の日差しが、昼下がりの川面《かわも》に注いでいる。

いくつもの小さな河岸場を通り過ごして、取手河岸へ着いた。植村にしてみればここは、前に二千本の杭を調達するときに通った場所だった。河岸場の様子は、まだ記憶に残っている。

利根川の左岸に当たる場所で、ほぼ正面の右岸には小堀《おおほり》河岸があった。両岸の二つの河岸場は、関宿や銚子から来た荷を鬼怒川や小貝川流域に運ぶための、重要な中継地になっている。

高岡藩が所有する高岡河岸は、ここからさらに東にあって、霞ケ浦や北浦に近い場所になる。正紀は、その二つの湖にある河岸場への中継点として、高岡河岸を取手河岸のように繁栄させたいという夢を持っている。植村も青山も、その夢の実現のために力を尽くしたいと考えていた。

塩輸送の中継地としては根付き始めているが、まだまだ弱い。これに醤油が加われば、河岸場としての需要も増えると考えている。

龍野醤油を奪い返すことは、もはや正紀だけの願いではなくなっている。植村や青山も同じ気持ちだった。

「これが戸川屋の店だ」

青山が手で示した。

戸川屋は、賑やかな取手河岸に、間口七間（約十二・六メートル）の大店《おおだな》を構えている。船問屋として荷船を所有するだけでなく、川に接した複数の場所に、百俵から四、五百俵の米や塩、醬油を入れられる納屋を持っていた。

店の中を覗くと、羽織姿の恰幅のいい五十男と、二十代後半とおぼしい細身の男が話をしているのが見えた。若い方が分厚い綴りを手にしていて、紙面を指差している。商いの話をしているようで、どちらも真剣な眼差しだ。

「あれが戸川屋忠兵衛と跡取りの甲太郎《こうたろう》だ」

横にいる青山が、知らせてきた。商家の主人や番頭ふう、船頭といった気配の者が、忙しなさそうに出入りしてゆく。

甲太郎は、園田頼母の妻女瑠衣の弟である。やり手だという評判は、植村も耳にしていた。

「おい、身を隠せ」

いきなり青山に腕を引かれた。

「どうした」

と思って道の先に目をやると、駕籠《かご》が二丁向かってくる。これに付き添っている侍がいて、その顔に見覚えがあった。

伊橋源四郎《いはしげんしろう》という、三十一歳になる元高岡藩士で園田頼母の腹心だった者だ。頼母が腹を切ったあと、藩を追われた。瑠衣とその一子陽之助と共に、戸川屋へ身を寄せていると風の便りで聞いていた。

こちらの顔は、伊橋も知っている。ここにいることを知られては、調べがやりにくくなる。それで青山は腕を引いたのだ。

二人は慌てて、天水桶《てんすいおけ》の脇に身を隠した。

二丁の駕籠は、戸川屋の店先に停まった。降り立ったのは、瑠衣と陽之助だった。どちらの身なりも、町人のものになっている

「おお」

植村は声を上げそうになった。瑠衣の顔は、何度か目にしている。前に見たときと比べて、その窶《やつ》れぶりに驚いた。鼻筋の通った美貌に見えたが、今は十歳以上も老けたように見えた。

陽之助の表情もすぐれない。生気のない子どもに見えた。

通りにいた奉公人がこれに気がついて、店の中に声をかけた。忠兵衛が出てきて、その手を取って店の中へ導いた。腫れ物に触るような扱いだと感じた。

「心労で体を壊したという噂《うわさ》は、まことだったようだな」

「いかにも。忠兵衛には、それが不憫《ふびん》でならないのでしょう」

青山の言葉に、植村は応じた。娘に深い思いがあるならば、高岡藩や正紀に対して、大きな恨みや憎しみがあるだろうと話したことがある。それを裏付ける場面だった。

とはいっても、それで探索を止めて江戸へ帰るわけにはいかない。

船着場へ出て、船待ちの人足に声をかけた。この数日で、龍野の醬油が陸揚げされていないか、尋ねたのである。

「醬油はあったが、龍野の品ではなかったぞ」

と言われた。他にも三人に声をかけ、納屋番の老人にも問いかけた。また戸川屋の手代にも聞いている。龍野の醬油を受け入れたと話した者は、一人もいなかった。

「戸川屋には、伊橋という浪人者が住み着いているようだな」

「ああ、瑠衣さんについて来た、お侍ですね。何でもあの人は、たいそう腕が立つそうで、店の用心棒をしていると聞きましたよ」

伊橋について聞くと、そういう返事があった。

「あやつも、高岡藩には恨みを持っているでしょうな」

「それはそうだろう。浪人の身に、落とされたわけだからな」

植村の言葉に、青山は頷いた。

さらに聞き込みを続ける。けれどもこの数日中で、江戸から龍野の下り醤油が運ばれてきた形跡はなかった。

戸川屋の納屋は、二つ三つが並んであったり、一つがやや離れたところにあったりする。それぞれに番人を置いていた。その離れた二つ並んだ納屋で、気になる話を聞いた。片方に入っていた雑穀の俵を運び出していたので、中年の納屋番に声をかけたのだ。

「近く七十石ほどの醤油を納めるので、ここは空けなくてはならなくなったんですよ」

「どこの店の、どこの醤油か」

「そんなことは分かりませんよ。そこまでは、知らせてきませんからね」

と告げられればどうにもならないが、植村と青山は顔を見合わせた。

「その方ら、何をしている」

気がつくと、三間（約五・四メートル）ほど先に伊橋が立っていた。目には不審だけでなく、憎しみが湛《たた》えられている。

「話を聞いていただけだ。そのどこが悪いのか」

居直った口調で、青山が答えた。植村と青山は、その場を立ち去ることにした。

しばらく背中に、伊橋の眼差しを感じた。

三

西蔵の遺体は、大松屋の手配で檀那寺《だんなでら》に葬られた。これにはお吉と残された子ども、それに山野辺も加わった。

猪蔵の行方は土地の岡っ引きに捜させているが、杳《よう》として知れない。遺体も発見されていなかった。

読経と焼香を済ませた山野辺は、いったん小塚原へ戻した次助のもとへ足を運んだ。改めて、詳しい話を聞こうと考えたからである。

言い忘れていたことや、何かを思い出しているかもしれない。

「おまえは土手を伝って逃げて、どこへ行ったのか」

「へい。高橋《たかばし》のあたりまで行きました」

「その後は」

「ええと……」

どこかおどおどした様子になった。

「大横川のあたりまで、戻ったのではないか」

気がついて口にしてみると、次助は腹に手を当てて頷いた。

「あの後、どうなったか確かめたくなりまして」

「それでどうだったのか」

やや口調が厳しくなった。この話は、前にはしていなかった。

「だ、誰もいませんでした。し、死体も、なかったです」

「すでに運び去られた後だったわけだな」

「そうです」

次助は、腹に手を当てたまま離さない。

「二人も人が斬られ、倒れた体は運び去られた。何かが、落ちてはいなかったか」

「と、とんでもねえ。な、何にも」

山野辺の問いかけに、次助は明らかにうろたえた。

「ほう。そうか」

次助の腕を摑んだ。そして後ろ手に捩じり上げた。その懐に、山野辺は手を差し入れた。

何かが触った。取り出してみると、煙草入れが出てきた。無宿人が持っているとは思えない、意匠の凝った煙草入れだった。

「これが、落ちていたわけだな」

捩じり上げる腕に、力を加えながら言った。

「い、痛てえ」

「隠し立てをすると、佐渡へ送るぞ」

と脅すと、悲鳴を上げた。

「あそこで、拾った」

と認めた。ただ襲った侍が落としたのか、斬られた者が落としたのか、それは分からない。通りかかった他の者が、落とした可能性もないではない。

その煙草入れを、山野辺は懐に押し込んだ。次助は未練がましい目を向けたが、相手にしなかった。

そして足を向けた先は、仙台堀南河岸にある津久井屋だった。店の前を箒《ほうき》を手に掃いていた小僧に問いかけた。

「この煙草入れに、見覚えはないか」

小僧はまじまじと見つめた。そしてあっという顔になった。

「これは、番頭さんのものです。でも、功刀様に差し上げたと聞いています」

はっきりとした口調で言った。

遠縁の旗本家から来た客と用談を済ませた正紀は、奥の御座所へ戻った。龍野醬油にまつわる一件も気になるが、大名家として諸家との付き合いもこなさなくてはならない。

当主の正国は大坂だから、正紀が代役を果たすのである。

御座所へ戻ると、京付きの奥女中がいて、「お部屋へお越しくださいませ」と言伝《ことづて》を告げてきた。

朝の読経のときは、何も言っていなかった。

「まあ気分によって、なにか伝えたいことができたのかもしれないな」

と、軽い気持ちで行ってみることにした。機嫌を損じるようなことは、していないつもりだった。

部屋に渡ると、京は待ち構えていたように言った。

「私が、煮物を拵えましてございます」

「ほう」

仰天した。京が料理をするなど、これまでにはなかった。思いもかけない話を聞かされた気がした。

手を叩くと、待つほどもなく奥女中が、膳を運んできた。膳の上には小鉢が載っている。何かと目をやると、高野豆腐と椎茸の含め煮だった。上に緑の木の芽が添えてある。

「鮮やかな色だな」

鰹節のにおいが、鼻をくすぐってくる。

「お召し上がりくださいまし」

京は、少しばかり緊張しているようだ。いつもの命ずるような口調で言った。

「どれ」

小鉢を手に取って、高野豆腐と椎茸の色を見る。においで醬油を使っているのは分かったが、色は濁ってはいなかった。

「龍野の淡口醬油を使いました」

「なるほど」

ごく薄い色で、濃口醬油では、出せない色艶だと感じた。まず箸で高野豆腐を摘み、一口齧《かじ》った。続けて椎茸も、口に含んだ。

「うむ」

不味くはない。ただ素材本来の味が、醬油のしょっぱさで薄れている気がした。

正紀は龍野生まれの母乃里のせいで、薄味には慣れている。淡口醬油は色こそ薄くても、塩分は濃口醬油よりも強い。その点が、踏まえられていない気がした。

京がこの料理を拵えたといっても、どこまで手を出したのかは分からない。出汁《だし》を取るところからやったのか、指図をしただけなのかは不明だ。

姫様育ちの京が、料理に精通しているとは思われない。

「美味いぞ」

取りあえず、そう言ってみた。京は食べる姿を、じっと見つめていた。これが最も無難な返答だと考えた。

するとそれまであった京の目の輝きが、一瞬のうちに消えた。

「嘘をおっしゃってはいけません」

冷ややかな口調だった。

それでも京は、不慣れな中で精いっぱい拵えたのだとは分かった。だからそのまま食べようとした。

「おやめなさいまし」

ぴしゃりとやられた。控えていた奥女中に、膳を下げるように命じた。そして不機嫌そうな面持ちで部屋を出て行った。

「ふう」

一人部屋に残された正紀は、ため息をついた。どう対応をすればよいのか分からない。

京は龍野の淡口醤油を使った料理で、その味わいを試したかったようだ。しかしうまくはいかなかった。

そこで正紀は、自分の御座所に台所頭の家臣を呼んだ。京が高野豆腐と椎茸の含め煮を拵えた様子を、尋ねたのである。

「下拵えは、料理方でいたしました。味付けだけ、奥方様がなさいました」

台所には、脇坂家から手に入れた淡口醤油が置かれているという。出汁の取り方は、熟練の者が教えたが、醤油を煮汁に注いだのは京だった。

「奥方様が台所にお越しになるのは、たいへん珍しいことでございます。たいそう、張り切っておいででした」

「なぜ、そのような気持ちになったのであろうか」

このあたりは、正紀には見当もつかない。

「龍野醤油のおいしさを、広く伝えるためにはどうしたらよいか。そのようなことを、おっしゃっておいでてした」

先日、佐名木を交えて、龍野醤油をどう売るかという話をした。京はそれが頭にあって、料理を拵えたのだと思われた。しかし結果としては、誰もが舌鼓《したづつみ》を打つような味にはなっていなかった。

「またしばらく、不機嫌が続くのか」

そう考えると、頭が痛かった。

しばらくして、佐名木と話をする用事があった。そのついでに、正紀は京が拵えた料理について話をした。

つい愚痴《ぐち》めいたことを、言ってしまったのである。

「嘘はいけませぬ。からかわれたとお考えになったのではございませぬか」

「それは、そうかもしれぬ」

と腑に落ちた。

「では、どう言えばよかったのか」

と訊いてみた。

「素材の味が生きぬのはなぜか、注した醤油の量は適当であったのか。そこをお二人で考えればよかったのでは」

「なるほど」

そういう思案は、まったく浮かばなかった。口に含んだ、味のことしか頭になかった。京の思いについては、及びもつかなかったのである。

「味の良し悪しについてしか言えなかったのは、ご自分の中に、京様に対して構えているところがおありだからではありませぬか」

と告げられて、正紀は返答ができなかった。

四

夕暮れどきになると、利根川の川風も冷たくなる。帆を張った荷船が、夕日を受けて水面を進んで行く。植村と青山は、再び先ほどの空になった納屋へ行ってみた。

すると隣接したもう一つの納屋から、酒樽が運び出されていた。目の前に百石積みの弁才船が停まっている。

「あれは下り物だな」

薦被《こもかぶ》りの酒樽には、灘《なだ》の酒の銘柄が印附《しるしづけ》されている。江戸から運ばれてきて、さらに鬼怒川か小貝川方面に運ばれる品だと思われた。

先ほど話を聞いた納屋番と、荷船の船頭らしい男が話をしている。親し気な様子だ。百石船は、戸川屋の船らしかった。

荷積みが終わると、納屋番は戸に錠前をかけ小屋へ引き上げて行った。植村と青山は、近くに伊橋がいないことを確かめてから残った船頭に近づいた。

「この酒は、どこに運ばれるのか」

植村は声をかけた。

「鬼怒川の久保田《くぼた》河岸ですよ。そこからさらに、いろいろな先へ行きます」

「久保田河岸か、懐かしいな」

正紀と共に、二千本の杭を受け取りにさらに上流の阿久津《あくつ》河岸へ行った。そのときに久保田河岸を通った。久保田河岸より先は水深が浅くなるので、大型船は進めない。百石積みの弁才船はそこで荷を下ろし、小鵜飼《こうがい》船という平底の小舟に載せ替える。

「行ったことがあるんですかい」

「昨年の秋の初めに、一度だけな。あのときは激流で、いつ船が横転するかと肝を冷やしたぞ」

「そりゃあ難儀なことで。あの川は暴れん坊でね。ときどき酷いことになりやす」

同情した口調になった。

「その方は、何度も行き来をしているわけだな」

「へい。毎日のように、ここから久保田河岸までを行ったり来たりしています」

戸川屋が鬼怒川へ荷を運ぶ場合は、慣れているこの船頭の船を使うらしかった。ここで青山も、口を出した。

「すると下り物の塩や醬油も、運んでいるわけだな」

「もちろんでさ」

「ではこの数日で、播磨龍野の醬油を運んでいないか」

「今月になってからは、ありませんね。前はあったと思いますが」

船頭は、少し考えてから応じた。ただ鬼怒川を上り下りするのは、戸川屋の荷船だけではないと付け足した。小貝川について尋ねたが、それは分からないと言われた。

「戸川屋が下り醬油を運ぶのは、津久井屋のものがほとんどか」

青山は食い下がる。

「いや、他の問屋のも運びますよ。そういやあ津久井屋からは、なんとかっていう手代が来たって聞いたんで、これから運ぶのかもしれやせんが」

「それは達次だな」

「ええ、その人です」

「何をしに来たのか」

「詳しいことは知りませんがね。久保田河岸まで、あっしの船に乗せました。小森屋《こもり》ってえ、向こうの塩と醬油を扱う問屋へ入って行きましたね」

「なるほど」

植村と青山は、顔を見合わせた。そして頷き合った。言葉は交わさないが、こちらも行こうと合図したのである。

「では我らも船に、乗せてはもらえぬか。船賃は払うゆえ」

「かまいませんぜ」

船頭は、嫌がらなかった。人を乗せた駄賃は船主にではなく、船頭や水手の飲み代になる。船出は明日の未明になるというので、それまでに来いと告げられた。

取手河岸の旅籠で一泊した植村と青山は、まだ暗いうちに河岸へ来て、下り酒を積んだ百石の弁才船に乗り込んだ。前に乗ったときのような激流ではない。

鬼怒川へ入った弁才船は、川上へ向かって進んで行く。水街道《みつかいどう》を越えるあたりまで進むと、すっかり明るくなっている。右岸の先に筑波山が大きく見えてきた。さらに進むと、高岡藩とは分家同士の下妻藩の領地となる。下妻藩の世子正広は、堤普請の折には力を貸してくれた。

「あの藩には、知り合いも多いぞ」

と青山は言った。

下妻藩領を過ぎれば、久保田河岸も近くなってくる。荷船や筏とすれ違った。土手には桜の木も見える。まだ七、八分の咲きだった。

弁才船が、久保田河岸に着いた。植村と青山は、真っ先に船着場へ降りた。小森屋を捜す。

この河岸場にも、十数軒の商家が並んでいるが、取手河岸よりも規模は小さい。ただ荷の積み替えをするので、納屋は数多く建てられていた。

小森屋は間口五間（約九メートル）ほどの、中程度の店構えだった。

「はて」

ここで植村は、誰かに見られているような気がした。しかしこの河岸に、顔見知りの者などいるはずがなかった。周囲を見回したが、不審な者の姿も見当たらなかった。

まず店先で荷を積んでいた小僧に問いかけた。

「江戸の津久井屋から、達次という手代が訪ねてこなかったか」

「へえ。お見えになりました。一昨日、船で戻りました」

やはりここへ来ていたと、確認できた。それから敷居を跨いだ。

「いらっしゃいませ」

現れたのは、年の頃三十半ばとおぼしい四角張った顔の番頭だった。植村が問いかけをした。

「ここは江戸深川の津久井屋とは、長い付き合いだそうだな」

前置きもなく告げた。

「さようでございます。それが何か」

一瞬、何者だという顔を番頭はしたが、それを笑顔で呑み込んだ。

「手代の達次なる者が、やって来たはずである。どのような話であったか、聞かせてもらいたい」

植村にしてみれば居丈高《いたけだか》には言わなかったつもりだが、番頭の顔から愛想笑いが消えた。

「あなた様は、どちら様で」

慇懃に問いかけられた。植村はそれで、どきりとした。高岡藩の名を出してよいのかどうか、迷ったのである。江戸から遠く離れた地にいるから、配慮が足らなかった。軽率な問いかけ方をしたことを後悔したが、どうにもならなかった。

返答できずにいると、番頭が口を開いた。

「そういう商いの話につきましては、外に漏らさないのが決まりでございまして」

物言いは丁寧だが、はっきりと拒絶をしていた。こうなると、聞き込みは先に進まない。

引き上げるしかなかった。

「いや、しくじった」

店を出てから、植村は青山に謝った。

「まあ、仕方があるまい」

よい顔はしなかったが、責められはしなかった。挽回しようということで、河岸場にいた人足に、小森屋の納屋を聞いた。

「あれとあれですよ」

と言われて、そこの初老の番人に声掛けをした。

「どうだ、忙しいか。荷の出し入れが多いときは、たいへんであろう」

植村はまず相手を気遣うことを口にした。ひとしきり、地廻り酒と太物《ふともの》の荷についての話をしてから、下り醬油の話を持ち掛けた。

「さあ、醬油が入る話は、聞きませんね」

しかし反応はなかった。そこで取手の納屋で、品が入るのでその場所を空けたという話を思い出した。そこで、そういうことがここでも行われていないかと問いかけたのである。

「ああ。それならば、昨日聞きました。何でも七十石ほどの米だか酒だかが入るので、納屋を空けなくてはならねえって話で」

「そ、そうか」

達次が訪ねてきている。それに関わってのことだと感じた。ただ入る荷が何かは、知らされていなかった。

河岸場には、旅籠が二軒ある。達次はどちらかに泊まっていたはずなので、どのような動きをしたか聞いてみた。

一軒目の旅籠には、達次は泊まっていなかった。二軒目の旅籠へ行こうとしたとき、旅姿の二十代後半の侍と出会った。

「青山殿ではないか」

向こうから、声をかけてきた。植村は知らない顔だ。

「これは山古志《やまこし》殿」

青山は応じた。どちらも、懐かしそうな顔をしている。旧知の者らしかった。

そこで山古志なる侍が、下妻藩の藩士だと知らされた。山古志が江戸詰めだったとき、青山と知り合ったらしかった。高岡藩と下妻藩は、共に浜松藩の分家同士だから交流がある。婿を取ったり、娘を嫁に出したりすることもあった。

「いかがされた、このような土地で」

山古志が問いかけてくる。

「いや、実はな」

青山は、ここまでやって来た大まかな顚末を伝えた。植村のことも紹介している。下妻藩には、正広を世子にはしないという考えの者もいたが、山古志はそちらには与《くみ》していなかった。そういう事情が分かるので、青山は話をしたのである。

「小森屋ならば、当家の御用達だ。あの番頭ならば、よく知っているぞ」

話を聞き終えた山古志は言った。

山古志は蔵米方で、年貢の輸送の打ち合わせに久保田河岸へやって来た。とはいっても、小森屋へやって来たのではないそうな。

「よかろう。それがしが聞いて進ぜよう」

そう言ってくれた。

「これはありがたい」

ということで、三人で小森屋へ行った。

「これはこれは、山古志様」

番頭の目付きや態度は、まるで違った。

「先ほどは、ご無礼をいたしました」

山古志が、植村と青山を紹介すると、番頭は頭を下げた。山古志はここだけの話ということで、問いに答えられるところは話してほしいと頼んだ。

「はい。入荷するのは、播磨龍野の醬油七十石だと聞いています」

「そ、そうか」

番頭は、その醬油がこの地にいたる理由を知らない。だから山古志に言われて、口にしたのだと思われた。しかし植村と青山にしてみれば、とんでもない情報だった。不明になった酉猪丸と龍野醬油に、津久井屋が関わっていることが濃厚になったのである。その品が、近々江戸からやって来るという話だ。植村は、飛び上がりたいような気持ちだった。

「その醬油だが、この地ではいくらで売るのであろうか」

ついでなので、植村は尋ねてみた。高値で売れると聞いていたから、聞いてみたくなったのだ。

「一石が、銀八十匁だと聞いていますが」

その値が妥当かどうかは、植村には分からない。ただこれで、この地にいる理由がなくなった。いち早く江戸に戻り、正紀に伝えなくてはならない。

植村と青山は、山古志と小森屋の番頭に礼を言って船着場に戻った。鬼怒川を下る荷船に乗り込んだのである。

五

正紀のもとへ、本所の高岡藩下屋敷から使いの者が駆けつけてきた。下屋敷付きの用人、服部武左衛門《はっとりぶざえもん》が寄越したのである。

服部には、配下の下士と大横川及び小名木川河岸のどこかに、奪われた醤油樽が隠されているのではないかと伝えて探らせていた。

「大横川の西河岸、中之郷《なかのごう》横川町の瓦焼き場の近くに、怪しげな建物がございます」

「そこが怪しいというのだな」

「ははっ」

まだ踏み込んではいない。見張りをつけている状態だった。北割下水の、さらに北に位置する町だ。町とはいっても鄙びた土地で、瓦を焼く職人が多い。空き地や空き家も点在している。

「よし。早速、行ってみよう」

正紀は、供の家臣を連れて下屋敷へ行った。

服部は四十代半ばの歳で、生真面目そうな面貌だ。すでに髪が薄く、ごま塩になっている。

伴われて、大横川の河岸へ出た。大勢では怪しまれるので、二人だけでだ。

「あの建物でございまする」

焼き上がった瓦を置く空き地があって、指差したのは、その隣の垣根に囲まれた敷地百坪ほどの民家だ。建物は崩れ、垣根は枝が伸び放題になっている。何年も手入れがなされた気配はなかった。

人が住んでいる建物ではなく、荒れ果てた廃屋《はいおく》といってよかった。

「敷地に、人の姿が見えるぞ」

「はい。数人の浪人と無宿人が住み着いております」

この敷地の前には、古い船着場がある。荷を出し入れするには、都合のよさそうな場所だ。

「醤油樽が入っているのは、間違いないのだな」

「ははっ。建物の戸を開けたことがありました。中にあったのは、醤油樽に相違ありませぬ」

　樽の印附が見えたという。

「しかし建物の広さからして、七十石の四斗樽が入っているようには見えぬな」

　素人目ではあっても明らかだ。他にもこれ以上の品を、どこかに隠している。だがそれは捜し出せていない。これを捜し出さないうちには、無闇に襲いかかることはできない。

「浪人者や無宿人の他に、人の出入りはあったのか」

「ありませぬ。あればその者をつけさせまする」

　古家の対岸に、物置小屋がある。見張りはここから、複数の者でやっていた。

「他の荷がどこにあるのか、続けて捜せ。またここに変事があった場合には、速やかに伝えよ」

「かしこまりましてございます」

　服部は頷いた。

その日の夜になって、植村と青山が江戸へ帰ってきた。鬼怒川の久保田河岸まで行ったと聞いて、正紀は驚いた。この場には、佐名木も顔を出している。

青山から、一部始終を聞いた。

「小森屋及び戸川屋の空納屋に入れる醬油は、奪われた龍野醬油に間違いあるまい」

正紀は断定した。佐名木も頷いた。

「そこまで、よく聞き込んできた」

ねぎらいの言葉をかけると、二人は嬉しそうな顔をした。

「だが、下り醬油が一石が銀八十匁とは、ふざけた値ではないか」

正紀は聞いて腹が立った。龍野醬油の小売値は、京や大坂でも銀八十匁はくだらない。これは安董から聞いている。江戸までの輸送料、江戸の問屋の利益、久保田河岸までの輸送料、地廻り問屋の利益を入れたならば、話にならない低価格だ。

「盗んだ品ゆえ、つけられる値でしょうな」

佐名木が応じた。

「そのような売り方は、あってはなるまい。品には、拵えた者や運んだ者の汗が滲んでいる。暴利をむさぼるのはならぬが、ふさわしい値はつけるべきであろう」

「知らぬ者には、龍野醬油がいかがわしいものに見えるかもしれませぬ」

正紀の言葉に、植村が言い足した。

「いや、それだけではないぞ。安値で売られては、他で正しい値で売るときに相手にされぬ。あそこでは、あんなに安かったと言われるからな」

佐名木は植村に返した。

「大松屋や桜井屋が売ろうとしたとき、その値が頭にあれば、ことさらに高い品だと受け取るであろう」

商いの足枷《あしかせ》になる。いやそのために、津久井屋はその値をつけようとしているのかもしれないと正紀は考えた。商売敵の商いを、やりにくくさせるのである。

桜井屋が龍野醬油の販売から手を引いてしまえば、高岡河岸の利用はなくなる。

「ところで戸川屋は、運ばれる醬油が、津久井屋が奪った品であることを知っているのであろうか」

これは正紀の疑問だ。言われて正紀も気になった。知っていて荷を受け入れたならば、共犯となる。

「それは、まだ分かりませせぬ」

「この件に正紀様が関わっていると知れば、手を組むかもしれませぬな」

青山の言葉を佐名木が受けた。

「そうなると、伊橋に気付かれたのはまずかったですね」

植村が漏らした。

「うむ。取り返すことができたならば、それをおれと桜井屋が組んで他で売ると知ったら、なおさらであろうな」

取手での、瑠衣と陽之助の暮らしぶりも聞いた。忠兵衛は、高岡藩と自分への怒りを滾《たぎ》らせているだろう。

高利の金を貸しつけて、藩を困らせるという企みも潰《つい》えてしまう。それでは復讐にならない。

「こちらとしては、何としても龍野醤油を奪い返さねばなりませぬな」

佐名木の言葉が、胸に染みた。

翌日の昼下がり、正紀は植村を伴って霊岸島の大松屋へ行った。奪われた醤油が捜し出せない場合を考えて、新たな仕入れをした。その到着予定について、知らせがないか聞いておこうと考えたからである。

「まだ知らせはありませぬ」

龍野は、江戸より百五十七里（約六百十六キロ）の遠方にある。文をやり取りするだけでも、手間がかかる。主人の亀八郎は、焦っている様子だった。

「このままでは、納期に間に合わないのは明らかです。何としても、取り返してくださいまし」

大松屋にしてみれば、単に七十石の醬油ということだけではない。商人としての信用がかかってくるから、店の浮沈にかかわる。

正紀は、手代や小僧などの奉公人を集めてもらった。

龍野藩の醬油が船ごと奪われたことは、すでに外に漏れている。これは仕方がないが、正紀や高岡藩が関わっていることについては世間に知られていない。この件について、何者かに問われても、話してはならぬと口止めをするつもりだった。

「あい分かったな」

伝え終えて念を押すと、「実は……」と困惑顔で言う手代がいた。

「どうした」

「今日の昼前に、二十代後半の旅の商人に、声掛けをされました」

「何を言われたのか」

「もし七十石の龍野醬油が戻ってきたら、だぶついた品を、仕入れさせてほしいとの申し出でした。高値で買うという話で」

「それで何と答えたのか」

「高岡藩と桜井屋へ渡すので、それはできないと話しました」

「ううむ」

その旅の商人が戸川屋の者ならば、こちらの企みに気付いたはずだった。

「となると津久井屋と戸川屋は、手を組みますね」

植村が言った。

第五章　闇の川面

一

奪われた酉猪丸の船主であり船頭の酉蔵は、小名木川と大横川が交わる河岸で殺された。水手だった熊吉は、築地に接した海の杭に死体となって引っかかっていた。だが酉蔵が殺されたとき、弟の猪蔵もいて斬られたが、その行方がいまだに知れない。山野辺はこれを捜していた。

小名木川や大横川の土手に埋められていないか。どこか他の場所に打ち捨てられていないか。手先も使って捜したが、その痕跡はなかった。

唯一の目撃者である無宿人次助の話では、猪蔵は腹を斬られて重傷だったという。自力で遠くまで逃げることは、不可能だと思われる。

次助は土手を逃げるとき、舟が通り過ぎた気がしたとも言っていた。

恐怖の中で逆上していたはずだから、勘違いかもしれない。しかし舟に救われた、あるいは空船があって、漕げないまでもそれに乗って流されたということは、ないとはいえないだろう。

そこで山野辺は、調べ方を少し変えた。犯行があった前後半刻（一時間）くらいの刻限に、猪蔵が降りた船着場に出て、通り過ぎる船を止めた。

犯行のあった日を伝え、変事はなかったかと問いかけをしたのである。

「その日もこのくらいの刻限にここを通ったが、何事もなかったねえ」

まず捉えたのは、百姓の漕ぐ舟だった。採れた野菜を売っての帰りらしい。

「ここから怪我人を乗せた者の話を、耳にしたことはないか」

「ありませんねえ」

都合のいい返事を、すぐに聞けるとは考えていない。辛抱強く、問いかけを続ける。

荷船も通るし、遊びに出かける若い衆を乗せた猪牙舟《ちよきぶね》もあった。しかし猪蔵らしい人物を乗せたとか、話に聞いたという者には出会わなかった。

翌日も、山野辺は高積見廻りの役目を済ませてから、同じ場所へ行った。問いかけを続けたのである。

丙作は頷いた。

「かたじけない」

すぐに手当てをしてくれたのが、幸いだったと感じた。そのままにされたならば、とうに命はなかっただろう。

「では、すぐにも会わせてもらえるか」

まずは猪蔵であることを確かめ、事情を聞かなくてはならない。醬油の行方も知りたかった。

「それが、今は寝ています」

険しい顔で、丙作は言った。

ともあれ、寝ている部屋へ案内をしてもらった。奥の八畳間である。手厚く看護をされていることが分かって、感謝の気持ちが湧き出た。

男は血の気の失せた顔で、弱い息をしながら眠っている。山野辺の目には、昏睡《こんすい》といっていい状態に見えた。

「どうにか一命はとりとめたようですが、医者はしばらく安静が必要だと言いました。目を覚ましても、まだ話などできません。すぐに眠ってしまいます。どうにか、重湯《おもゆ》を啜ってもらうのがやっとです」

「なるほど、では名も分からぬわけだな」

「はい。ただ手間さえかければ、徐々に回復するだろうと医者は言っています」

「名も知れぬ者のために、そこまでしてくれるのか……」

丙作の厚意に、胸が痛くなるほどだった。

「お上にお届けしなければと思っていましたが、もう少しよくなってからと考えて、今日になってしまいました」

恐縮した口ぶりだ。

「いやいや、充分だ」

ここで山野辺は改めて名を伝え、自分が北町奉行所の与力であること、醬油運びの船が襲われたことなどの概要を話した。すぐにも引き取らねばならないところだが、今動かすことはできない。意識がはっきりするまで置いてもらいたいと頼んだ。

「もちろんですよ」

「明日にも、縁者を連れて来るといたそう」

「それが何よりです」

丙作は頷いた。安堵《あんど》の様子もうかがえる。

江戸へ戻った山野辺は、この一件を酉蔵の女房お吉と大松屋の主人亀八郎に伝えた。

　翌朝、大松屋が用意した船で、山野辺と亀八郎、そしてお吉が荻新田の丙作の家へ行った。土手にある桜は満開で、すでに散り始めたものもある。けれどもそれに心を奪われている暇はなかった。

　男はまだ眠っている。昨夜から目を覚ましてはいないと丙作は言った。ともあれ、怪我人のいる部屋へ入らせてもらった。

「これは」

　一目見ただけで、お吉は体を震わせた。みるみる目に、涙がたまった。すぐには声も出ない。

「猪蔵さんです。間違いありません」

　亀八郎が、かすれた声で言った。襲撃の実際に、一歩近づいたのである。

　揺すって起こしたいところだが、それはできない。三人ができるのは、ただ見詰めることだけだ。

　そこで山野辺は、丙作から医者の住まいを聞いて、詳しい容態を聞くことにした。これには亀八郎も同道した。

　医者は三十代半ばの、蘭方の医術を学んだ者だった。適切な手当てをしてくれたものと思われた。

「傷は、だいぶ深かったですね。普通ならば、生きてはいなかったでしょう」

まずそう言った。臓物を傷めていたら、まだ安心はできないと言い足した。

「では目を覚ましても、問いかけはできぬわけですな」

「無理にやっては、助かる命も危うくなるでしょう」

山野辺にしても亀八郎にしても、尋ねたいことは山ほどある。しかしまだ、それはできなかった。

丙作の家に戻ると、お吉が猪蔵の枕元に座っていた。

「一度、目を覚ましました。あたしの顔を見て、目に涙を溜めました。分かったようです」

半べその声だが、はっきりしている。猪蔵はすぐに再び眠りに落ちたが、お吉はそれで安堵したらしかった。

「それは何よりだ」

山野辺と亀八郎は頷く。

「あたしはしばらく、こちらのご厄介になって看病をいたします。亡くなった亭主の弟ですから、あたしにとっても大事な身内です」

お吉は言った。もちろん話ができるようになったら、すぐに伝えると付け足した。

「猪蔵さんは、醬油のありかを知っているでしょうね」

「うむ。そこから酉蔵と、逃げ出したのであろうからな」

亀八郎にすれば、納品の期限が迫っている。穏やかならざる気持ちだろうが、どうにもならなかった。

二

大松屋の手代から話を聞いた旅の商人は、新堀川河岸を大川方面に向かって歩いた。永代橋の袂近くまで来ると、これに深編笠を被った浪人者が近づいた。

「甲太郎殿、いかがでござったかな」

と声をかけたのである。

「やはり、高岡藩が絡んでいた。伊橋様が、怪しいと言ったとおりになりましたよ」

と声を掛けられた旅の商人は応じた。

二人は取手から出てきた、戸川屋の若旦那甲太郎と、元高岡藩士伊橋源四郎だったのである。

伊橋は取手河岸の納屋で、植村と青山の姿を目にした。それについては、すぐに主人の忠兵衛と甲太郎に伝えた。

そして念のために、久保田河岸へ行く荷船の船頭にも、二人が近づかなかったか問いかけた。

「へい。明日の船に乗ることになっています」

と返事があった。そこでどういう動きをするのか見張らせた。

この段階では、津久井屋が運ぶ醤油が、どのようないわれのある品なのかは分からない。しかし下り物の醤油一石が銀八十匁という値について、疑問を感じた。

「安すぎる」

という判断だ。

「何が起こっているのか、江戸へ出て確かめて来い」

甲太郎は忠兵衛に命じられ、伊橋を伴って江戸へ出てきたのである。

江戸へ出て、下り塩仲買問屋の多い霊岸島や箱崎町や北新堀町のある永久島《えいきゅう》、また行徳河岸界隈を歩いて、下り醤油にまつわる変事がないか聞き歩いた。

すると北新堀町の大松屋が、龍野醤油七十石を船ごと失ったと聞きつけたのである。

甲太郎には、大松屋と津久井屋が龍野の醤油で繋がる。

「面白いことになりそうですよ」

甲太郎は言った。そして二人は、永代橋を東へ渡ったのである。向かった先は、深川今川町の津久井屋だった。

「これはこれは、戸川屋の甲太郎さん」

江戸へ戻ってきていた達次は、二人の顔を見て驚きの声を上げた。つい数日前に、顔を合せたばかりだ。

「旦那さんと番頭さんに会わせていただきましょう」

甲太郎は、抜かりのない商人といった眼差しで告げた。戸川屋は、津久井屋にとって重要な商い相手だ。

「さあ、どうぞ」

奥の部屋に招き入れた。庄右衛門と伴造が向かい合って座った。部屋の隅には、達次も控えた。

「うちの納屋に置く下り醤油は、大松屋さんから引き取ったものではありませんか」

挨拶を済ませると、甲太郎はあっさりと言った。しかし「奪った」とは表現していない。

「はて、何のお話でしょうか」

さすがに庄右衛門や伴造は、あからさまにうろたえることはなかった。しかし目尻が、わずかにぴくりとした。その反応を目にしただけで、甲太郎は満足した。

「大松屋さんでは、龍野の下り醬油七十石が、船ごと奪われたそうですな。その探索には町方だけでなく、下総高岡藩も関わっているとか」

「……………」

庄右衛門も伴造も、返答ができない。甲太郎の真意が摑めないからだ。

「私どもは、高岡藩には消しようのない恨みがありましてね」

ここで甲太郎は、姉瑠衣が高岡藩の国家老園田頼母のもとに嫁いでいたこと。また頼母が腹を切らなくてはならなくなった顚末など、瑠衣と陽太郎が実家に戻らなければならなくなった一部始終を伝えた。

「高岡藩は、この度の奪われた龍野醬油を取り返すにあたって、新たに仕入れた品で、商いをしようとしています。それはうちとしては、面白くないのですよ」

「しかしどうもその話は、私どもの商いとは関わりがないようで」

庄右衛門は乗ってこない。慎重だ。けれどもそれは当然だと甲太郎は考えている。一つ間違えれば、店を失うだけでなく、首が飛ぶ話だ。

返答にかまわず、甲太郎は話を続けた。

「戸川屋は、七十石の龍野醬油がどのような経緯《いきさつ》で取手河岸へ運ばれようと、それについてはどうでもいいのですよ。ただ高岡藩が憎い。追い詰めていきたいと考えています。ですから、龍野醬油を取り戻させるわけにはいかないのです」

「ほう」

この言葉で、庄右衛門の表情が微かに変わった。ただそれでも、まだ心を許してはいない。

そこで甲太郎は、懐から一通の書状を取り出した。忠兵衛から庄右衛門に宛てられたものだ。

受け取った庄右衛門は、書状を広げた。文字を目で追って行く。

「これは」

読み終わった庄右衛門は、すぐには返答ができなくなっている。しかし警戒する気配は消えていた。

龍野醬油七十石がどのような品であろうと、輸送には力を貸す。力を合せて鬼怒川や小貝川筋で売ってしまおうと言ってきたのである。見覚えのある忠兵衛の署名もあった。

これはいざとなれば、共犯を示す証拠にもなる書状といってよかった。それを手渡したのである。

「戸川屋さんの真意が、よく分かりました。手を握ろうじゃありませんか」

庄右衛門は、書状を伴造に渡した。甲太郎は、こちらの本気が、相手に伝わったと解釈した。

読み終わった伴造は、達次に部屋の周囲に人がいないかどうかを確かめるように命じた。廊下にいるのは、甲太郎が連れてきた伊橋だけだった。

ここで伴造は、七十石の龍野醬油を運んできた酉猪丸を奪ったことを伝えた。

船頭酉蔵の船は船首にある船名を削って荒川の上流の河岸で売ったこと、醬油は江戸の某所の納屋に納めていることを伝えた。

「奪った船ごと、醬油樽を取手河岸へは運べませんのでね」

伴造はふてぶてしい顔で言った。

「納屋だけで、うちの船は使わないのですか」

「戸川屋さんの船を使っては、帳面に記載が残ります。これは面白くありません」

「なるほど。納屋ならば一時置くだけですからね、どこの産とか数量までは記さない」

「密かに運べる荷船を捜すのに、手間取っていました」

「ならばその荷船は、戸川屋が用意をしましょう。記録が残らないような形でね」

「まことですか」

庄右衛門と伴造は、ほっとした顔で頷いた。

「忠兵衛は喜びますよ。高岡藩を困らせてやれるわけですから」

復讐のためならば、手段を選ばない。それくらい憎しみは大きかった。

また高岡河岸には、桜井屋の納屋ができた。初めは需要が増えるのは悪くないと考えたが、戸川屋の納屋は老朽化していた。古い利用者は、新しい納屋へ移って行った。

それも面白くなかった。

すでに高岡河岸には、関わる気持ちをなくしている。

「では、どれくらいで用意ができますか」

「三日後の夜には、荷船を回しましょう」

庄右衛門の問いかけに、甲太郎はそう答えた。

「それは助かります」

「私と伊橋様で運びましょう」

「うちからは、伴造さんと達次、それに功刀様に乗っていただきます」

「ならば万全だ」

甲太郎は、庄右衛門の言葉に満足をした。続けて、細かな打ち合わせをした。

話が済んだ甲太郎は、まだ取手河岸へは帰らない。単身で下谷広小路にある高岡藩上屋敷へ足を向けた。

「勘定頭の井尻様に、お目通りを願います」

門番に伝えた。あえて恭《うやうや》しい態度にしている。

出入りの商人と面談するための、日の当たらない狭い部屋へ通された。

「わざわざ出て参ったのは、どのような用件か」

井尻は、偉そうな口調で言った。「ふん」と腹の中では思ったが、それは顔には出さない。

「ご用立てした金子百二十七両の返済日が、迫っております。お忘れではないと存じますが」

「当然だ」

ここで井尻は、気弱な顔になった。甲太郎は、追い打ちをかけるように懐から、一枚の紙片を取り出した。津久井屋に与えた書状とは別のものだ。

目の前で広げて見せた。

「何か」

井尻は、その紙片に書かれている文字を目で追った。

「これは」

読んでいる途中で、体を震わせた。

三
「戸川屋の跡取り甲太郎が、現れました」

正紀は御座所で、植村と話をしていた。そこへ勘定方の家臣がやって来て告げた。

戸川屋絡みの話は、藩財政を揺るがす。そこで何かあったならば、すぐに知らせるようにと伝えてあった。

甲太郎には井尻が対応する。正紀と植村は、襖を隔てた隣室で、やり取りを聞くことにした。部屋へ行くと、すぐに報告を受けた佐名木も現れた。

音は立てない。目で合図をしただけで、二人は耳を澄ませた。

初め井尻は、相手が若いということで物言いに嘗めたところがあった。しかし紙片を示されて、明らかにたじろぐ気配があった。

「これは園田殿が、小堀河岸の太物商い坂東屋《ばんどう》から借りた借用証文ではないか」

井尻の声は上ずっている。

「さようでございます。藩として、六年も前の証文でございます。ご返済が滞っているということで、私どもで買い取りました」

「………」

「利息が嵩んできております。元利を合せますと、金四十二両と銀三十四匁となります。決済は、四月十日です。これもご返済をいただけませんと、利息が上がります。それは書面に記されている通りでございます」

よどみない声だ。堂々としていて、敵陣へ単身乗り込んできたとも受け取れる。慌てているのは、井尻の方だ。

「ううむ」

苦渋の声を漏らした。正紀にしてみれば、知らない借金だ。しかし井尻が手にした紙片は紛《まぎ》れもない借用証文で、甲太郎が告げたことは記載通りなのだろうと予想がついた。

三月末までに返済を求められていた金子と合わせると、手に入れるつもりの龍野醤油をすべて売っても、返せない額になる。そんな借財がまだあったのかと、うんざりする気持ちも芽生えていた。

しかも返済期限は、差し迫っている。

「まあ、お含みいただきましょう」

襖の向こうで見えなくても、甲太郎が頭を下げたのは分かった。

「桜の落花が、見事でございますね。江戸の桜は、美しゅうございます」

甲太郎は、そんなことを口にしてから引き上げて行った。廊下を歩いて行くその姿を、正紀は見詰めた。

「したたかなやつだ」

思わず言葉が漏れた。

「証文を、腕ずくで奪ってしまいましょうか」

植村が言ったが、それはできない。ただ甲太郎がこの後どのような動きをするのか、植村につけさせた。

正紀と佐名木は、井尻から証文の詳細について聞いた。

「園田頼母様とその折の勘定奉行の署名がありました。あの者が申しましたことは、間違いありません」

困惑の顔で、井尻は言った。

「戸川屋はこちらを追いつめるために、証文を捜してきたのでしょう」

園田家と戸川屋は、瑠衣を通して近い親族関係にあった。忠兵衛が亡き頼母から話を聞いていたとしても不思議ではないだろうと、佐名木は言い足した。

「勘定方は、知らなかったのか」

「江戸までは、伝えてきてはいなかったと存じます。それがしも、耳にはしていませんでした。おそらく六年前の借用額は、三十両に満たない額と思われまする。その程度までならば、国家老は国許の勘定奉行と図って融通を受けることは、あったと存じます」

もちろん、帳面には記載されているだろう。しかしその頃佐名木は、管轄外で見ることはできなかった。

「園田殿は坂東屋に何かの便宜を図り、返金の方は先送りにしていたのでございましょう。勘定方はそれを良いことに、見て見ぬふりをしていたと思われまする」

「そのような借財は、他にはないのか。それを検めよ」

探せば他にもありそうだ。知りたくもない話だが、それでは済まない。

「かしこまりました」

井尻は頭を下げた。

半刻ほどして、植村が戻ってきた。

「甲太郎は、伊橋と一緒でした。そのまま戸川屋の荷船に乗って、江戸を発ちました」

とのことだった。

高岡藩下屋敷の用人服部は、配下の下士らと交代で、中之郷横川町の空き家の古家を見張っている。目立った変化はない。数人の浪人や無宿人ふうが、ときおり出入りするだけだ。

桜が落花のときを迎えて、どこからか花びらが飛んでくる。気候が良くなってきて、変化のない場面を見続けていると眠くなってくる。

膝をつねって、睡魔を追いやった。

夕方近く、「あれが功刀だ」と教えられていた浪人者が現れた。四半刻ほどで引き上げていったが、何か用があって来たのだとは受け取った。

そしてしばらくして、中年の無宿人一人が通りに出てきた。

「よし。あれに声をかけてみよう」

服部は、見張りを配下に任せて男をつけることにした。変化のない見張りに飽きてもいた。また何か探り出せるならば、聞き出したいと思った。

空き家に住み着いている者たちは、しょせんは烏合の衆である。金や酒で動く、と踏んでいた。ただその機会は、これまでなかった。

男は竪川の河岸道に出て、そのまま西へ歩いた。立ち止まったのは、本所緑町《みどりちょう》の煮売り酒屋の前だった。古ぼけた小店《こだな》で、軒下には地廻り酒の樽が積んであった。戸をがたぴしさせて中へ入った。

服部も、これに続いた。男は不愛想な女房から、一升の安酒を買った。持ち帰るつもりらしい。

「どうだ、一杯やらぬか」

声をかけた。男は不審な目を向けたが、店を出てはいかなかった。服部は、五合の酒を買った。店の縁台に腰を下ろすと、置いてあった端の欠けた茶碗二つに酒を注いだ。

それで男は、生唾を呑み込んだ。

「飲めばよい」

そう言って服部は、一つの酒を口に運んだ。男も縁台に腰を下ろして、茶碗に手を出した。一口飲んだところで、問いかけをした。

「その方、大横川脇の空き家に住み着いている者だな」

と告げると、予想通り怪訝《けげん》な目を向けてきた。服部はかまわず、男の懐に銭を落とし込んだ。そして半分ほどになっていた茶碗に酒を注いだ。

男は返事をしなかったが、縁台から立ち上がりはしなかった。

「その方から聞いたとは、口外はいたさぬ。分かっていることを教えてくれればいい。家に置かれている醤油樽はいくつだ」

「二十五だ」

「誰の持ち物か」

「知らねえ」

雇っている者も分からない。ただ功刀という浪人がやって来て、駄賃をくれるという。それで住み着いているらしかった。

「では今日は、銭を受け取ったわけだな」

脇に置いた、一升徳利に目をやった。

「そうですね。でも、あと二、三日で用済みになるらしい。もっと長く、やりてえんですがね」

「なるほど、じきに荷を運び出すわけだな」

それが分かっただけでも、酒を飲ましてやったかいがあったと思った。

「一升の酒で、何人が飲むのか」

「浪人者二人と、おれら江戸へ出てきた者三人だね」

これも参考になった。

「ここで話したことは、仲間にも言わぬほうがよいぞ。面倒だからな」

「分かっていますよ」

五合の酒の残りも男に与えた。

この日も京は、夕刻になって正紀のもとへ高野豆腐の含め煮を持ってきた。昼前に屋敷を出て行ったが、いつの間にか帰っていたようだ。

「お味を、確かめてくださいまし」

にこりともしない、真剣な面持ちで言った。またかと思ったが、それは顔に出さない。

「どれ」

向かい合って座り、膳にある小鉢を手に取った。

前よりも、醬油の色が薄い。高野豆腐と椎茸の色が生きていると感じた。においも香ばしいが、まだ微妙に醬油の香が強く感じた。

まず椎茸を口に含んだ。味は悪くない。ただ塩味は強いと感じた。高野豆腐も、食べられなくはないが、取り立てておいしいとは感じなかった。

「醬油の量は、前よりも減らしたようだな」

「はい。ただあまりに少ないと、淡口醬油の味わいが出なくなると存じます」

京は含め煮で、淡口醬油の味わいを出したいらしい。今日は今尾藩の乃里のもとへ行って、炊き方を聞いてきたとか。乃里も料理はしないが、己の祝言の折に竹腰家へ料理人を連れてきていた。

「それはそうだが、あえて気にしなくてもよいのではないか。使っていると聞いて、ああそうかと得心が行くような。それでは、駄目か」

味については、話し合えばよいと佐名木は言っていた。それに従ったのである。しかし舌が肥えているかどうかは、自分では分からない。思ったことを口にしただけだ。

「隠し味、ということですか」

笑みはないが、正紀の言葉を反芻《はんすう》している様子だ。

「そなたは、食べてみたのか」

「はい。言われてみれば、まだ塩気が濃い気がいたしました」

あれこれ、頭に浮かんだことを話し合った。そういうやり取りを京としたのは、初めてだった。

四

甲太郎が江戸を発って四日目のことである。

山野辺は、正午近くまで、日本橋近辺の河岸の高積見廻りをしてから、小舟に乗り込んだ。小名木川を東へ進んで、荻新田へ出た。

お吉が看護をしているが、猪蔵の容態が気になった。変事があれば知らせが来ることになっているが、それを待ってはいられない。

猪蔵から聞き出したいことは、いっぱいある。意識が戻るならば、その中の一つでも二つでも聞き出したかった。

「これは、山野辺様。猪蔵さんは、朝のうち目を覚まして重湯を啜り、薬湯を飲みました。でもすぐに、また眠りに落ちて」

済まなそうな顔で、お吉は言った。しかし悪い方向にはいっていない様子だ。それで少し胸を撫で下ろした。

「お吉さんが見えてから、猪蔵さんの顔つきが穏やかになりました。ほっとしたのではないでしょうか」

丙作の女房が言った。

心の面から考えてみれば、お吉は猪蔵にとって、安らぐ相手らしかった。

「酉蔵が亡くなったことを、知っているのであろうか」

山野辺は、つい口に出してしまった。お吉の悲しげな顔を目にして後悔したが、もうどうにもならない。

「体が治ったら、いろいろなことを話してあげたいと思います」

お吉はそう応じた。

枕元に座って、眠る姿を見詰めた。息遣いが、前よりもしっかりしてきたと感じた。けれども、いつまでもここにはいられない。

「では、後はお頼み申す」

山野辺は、履物に足をかけた。丙作の家の者にも礼を言って、木戸門のところまで出た。すると背後から足音が響いた。

お吉だった。

「猪蔵さんが、目を覚ましました」

「そうか」

駆け戻った。そして枕元へ座った。

「町奉行所の、お役人様ですよ。酉猪丸のお調べをしてくださっているんですよ」

と、お吉が耳元で告げた。猪蔵は何か言いたげにして、眼差しを向けた。

「荷船を奪われた恨みを、晴らすぞ」

まず山野辺は、そう伝えた。偽らざる気持ちだ。

すると蒼ざめて見えた猪蔵の顔に、微かに生気が浮かんだように感じた。口を動かして、何かを言おうとしている。必死な形相にも見えた。

「無理をするな。おまえの命が、何よりも大事だ」

そう伝えた。

猪蔵はその言葉に、微かに頷いた。それでも動きはやめない。何かを言おうとしている。

「荷は、どこか」

山野辺は、思い切って口にした。何よりも知りたいことだ。

猪蔵は、口を動かそうとする。しかしなかなか言葉にならない。

急《せ》かすつもりはないから、山野辺は辛抱強く待った。しばらくして、やっと声が出た。

「は、はるへ、おさいもく……」

それだけでも、目が回るらしかった。顔色が、一気に白くなった。息遣いが荒くなっている。

「もうよい。それ以上は話すな」

叱《しか》りつけるように、山野辺は言った。

猪蔵は目を閉じた。しばらくの間、息苦しそうにしていたが、眠りに落ちた。疲れたらしい。

「いったい、どこだったのでしょうか」

お吉が、呟いた。酉蔵も船もなくしているが、気になるのは当然だ。亭主が、命懸けで運ぼうとした品である。

「猿江、御材木蔵ではないか」

精いっぱい考えて、浮かんだのはこれだった。

幕府管理の施設だから、そこに盗品を置けるわけがない。その付近だろうと見当をつけた。

酉蔵や猪蔵が斬られた河岸とは、至近の場所といっていい。中之郷横川町とも、そう離れていない。

山野辺はさっそく行ってみることにした。小名木川を通り過ぎる船に手を上げる。駄賃を与えて、猿江まで乗せてもらった。

御材木蔵は、竪川と小名木川を結ぶ運河の脇にある。この運河を使って、材木の出し入れを行った。対岸は田圃だが、農家が点在している。周囲を見て回ると、空屋敷や商家の納屋などもあった。

山野辺は、近くにある一軒の農家を訪ねた。鶏《にわとり》の鳴き声が聞こえて、声をかけると、赤子を背負った老婆が出てきた。

「このあたりで、大量の醬油樽をしまっているところはないか」

「さあ」

背中の赤子を揺すりながら、老婆は首を傾げた。

「では、浪人者や無宿人がたむろしている場所はないか」

中之郷横川町のことを頭に置いて、問いかけた。

「あそこの空き家にも、そういうのが入り込んでいますよ。近頃は物騒ですからね。そういうところには、近寄らないようにしています」

田圃の向こうにある一軒の建物を指差して言った。しかしその建物は、数十石の醬油樽を入れられるほどの大きさはなかった。

「空家や納屋、空寺などで、商人らしい者が出入りする姿を見ることはないか」

通常このあたりに、商家の番頭や手代といった者が来るなどは少ない。そこで目についたことがあったら、聞かせてもらいたいと考えたのである。

「それならば、つい半刻くらい前に手代みたいな若いお店者と、浪人者が歩いているのを見かけましたよ」

「どこだ」

手代と浪人者というところが、気持ちを引いた。

「竪川の河岸道です。大横川の方へ歩いて行きました」

「そうか」

津久井屋の達次と功刀ではないかと考えた。御材木蔵から中之郷横川町へ行ったか、今川町の店に戻ったのだろうと推量できる。

そこで山野辺は、大横川に出て北へ向かった。中之郷横川町の空家の対岸では、高岡藩の服部らが交代で見張っていることは正紀から聞いて知っている。服部とも、顔合わせはしていた。

「おお、山野辺殿ではないか。今しがたまで、商人ふうと功刀が、空家に来ていましたぞ」

何者かと、服部は二人が出た後をつけさせたという。しかしそれは、達次と功刀だろうと話した。服部は達次の顔を知らない。

「功刀は、何かを伝えたのであろうな」

二人は、もう一つの荷の置き場へ行ってから、ここへも足を伸ばしてきた。荷に、何かの動きがあるのだろうと考えられた。

「ならば、確かめねばなるまい」

出てくる無宿人がいたら、痛めつけてでも、事情を聞いてみようと考えたのである。取手へ行った植村や青山の話は、耳にしている。それらを含めて考えると、そろそろ動きがある頃だろうとは、予想をしていた。

ただこうなると、なかなか誰も出てこない。踏み込むわけにもいかないので、じりじりしながら待った。そして夕刻になろうかというところで、無宿人らしい男が、通りに出てきた。

「あれは、前に話を聞いた者ですぞ」

服部は言った。

ともあれ、山野辺と服部は男をつけた。竪川河岸に出て、西へ歩いて行く。早足で追って、間を縮めたところで服部が男に声をかけた。

「こりゃあ、あんときの旦那で」

男は顔を覚えていた。服部が現れたことに、疑問を感じている様子はない。頭にあるのは、銭と酒を貰った、それだけらしい。

山野辺は、服部の後ろにいる。腰の十手は、袂で見えないようにした。

「今日も、いっぱいか」

「ええ、まあ。今夜限りみてえなんで。だからたらふくってえわけには、行きやせん」

「樽を運ぶのだな」

「まあ、そういうことで」

「では、飲み過ぎるなよ」

服部が言うと、男は軽く頭を下げて背を向けた。

「いよいよだな」

山野辺の言葉に、服部は頷いた。七十石の醬油樽が動く。山野辺は、下谷広小路の高岡藩上屋敷へ急いだ。

五

夜風が、大横川の水面に映る弦月《げんげつ》を揺らした。正紀と山野辺、それに植村と青山、服部と高岡藩士四名が中之郷横川町の空家と川の様子をうかがっている。

ここへは、大松屋亀八郎も呼び出していた。

対岸の小屋に潜むだけでなく、闇に紛れて隣接する瓦置場や土手の窪みに身を伏せていた。大横川に流れる南北の割下水のあたりには、万一に備えて追跡用の舟も用意している。

「七十石の醤油樽を積む荷船が現れるわけですからな。闇夜でも、見損なうことはありえませぬ」

植村は眦《まなじり》を決して、闇の大横川に目をやっていた。

空き家には、微かな明かりが灯っている。しかし住み着いている浪人者や無宿人に変化は見られない。耳に入るのは、川の流れる小さな水音だけだった。

「お気をつけて、お出でなさいまし」

屋敷を出るとき、京は正紀を見送りに出てきた。

「抜かりのないように」

と命じる口調だ。正紀にしてみれば当然だと思うが、京は案じている。取り返し損ねたならば、七十石の醬油樽は、どこへ消えてしまうか分からない。こちらからの襲撃があったと知れば、取手へ運んでも戸川屋の納屋に入れるとは考えにくかった。

京が持つ気がかりは、正紀の頭にもないわけではなかった。

「まかせておけ」

と答えて、玄関式台に腰を下ろして草鞋《わらじ》を履いた。腰には、いつもは使わない印籠を下げている。高岡家の家紋のついた品で、二千本の杭で堤普請をするために江戸を出るときに京がくれた品だ。万病に効くという丸薬が入っていた。

この丸薬は、道中で知り合った桜井屋長兵衛の女房お咲に与えてしまった。その後は空のままだが、高岡へ塩を運ぶときにも腰にした。

「その印籠は」

京は気付いたらしい。目に驚きがあった。

「おれのお守りだ」

「まあ」

ますます驚いた様子だ。草鞋の紐を結び終えた正紀は、立ち上がって京の顔を見た。

何か言うかと考えたが、それはなかった。ただ口元に、微かに笑みが浮かんだ気がした。

そのときの顔が、川面に潜んでいてふっと頭に浮かぶ。

「しくじれないぞ」

正紀は自分に言い聞かせた。

大横川に変化はない。小舟が一艘通り過ぎたが、それ以外には何も変化がないままに四つ(午後十時)を告げる鐘が響いてきた。

最後の一つが鳴り終わって、その音が消えかかったとき、彼方の川面に目をやっていた植村が身じろぎをした。

「黒い大きなものが、近づいてきます」

南割下水の方向を指差した。声に、逸《はや》る気持ちが混じっている。

「おお、いかにも」

山野辺も声を漏らした。いよいよ荷船が、姿を現したのである。待ち伏せる者たちに、緊張が漲《みなぎ》った。けれども、ここで飛び出すわけにはいかない。

船は予想通り七十石の醬油を充分に積める百石の船で、すでに八割がたの荷を積んでいた。帆柱は、立てられていない。艪の軋み音が聞こえた。猿江御材木蔵に近いどこかで醤油樽を積み、こちらへ回って来たのだ。

明かりを灯さない荷船が、目の前の船着場で止まった。

杭に艫綱がかけられると、男が二人船から降りた。

そのまま、見張っている建物の中に入った。そして間を置くこともなく、再び二人は外へ出てきた。今度は、提灯《ちょうちん》を手にしている。

ここで二人の顔が、はっきりと見えた。津久井屋の伴造と達次だった。

醤油樽が、続いて運び出されてくる。提灯は、荷運びの足元を照らすために灯されたのだった。

掛け声はかけられない。黙々と運ばれてゆく。いつの間にか功刀も船着場に下りて、指図をしていた。

「船上には、甲太郎と伊橋もいますぞ」

青山が囁いた。津久井屋が奪った荷を、戸川屋の船が運ぼうとしていることが明らかになった。

正紀と亀八郎は、闇の中で荷運びの者たちに近づいた。するとわずかに醤油のにおいが漂ってくる。

亀八郎は、深く息を吸った。そして正紀に顔を向けた。

「あの醬油は、間違いなく龍野の醬油です」

口を耳に近づけて言った。

「よし」

最後の樽が、運び入れられようとしている。そこへ正紀は駆け寄った。

「これはその方らが、酉猪丸から奪った龍野の醬油である。荷を引き渡し、おとなしく縛《ばく》につくがよい」

正紀は声を上げた。これを合図に、潜んでいた者たちは姿を現した。どれも腰の刀に左手を添え、鯉口《こいぐち》を切っている。

「おのれっ」

憤怒の声を上げたのは、伴造だった。横にいた功刀は、この時点で刀を抜いている。

船から伊橋も、駆け下りてきた。

「やっちまえっ」

達次が叫んだ。

「わあっ」

と荷運びをしていた人足たちが声を上げた。浪人者たちは、功刀の動きに呼応したように刀を抜いている。

無宿人の一人が、仲間の者たちに棍棒を手渡した。何かのためにと、用意をしていたようだ。

刀を抜いた高岡藩の者たちが、無宿人に躍りかかる。とはいっても、狭い船着場だから、河岸道でも争いになった。棍棒と刀がぶつかる音が響く。怪力の植村は、丸太を用意していた。それを振り回すつもりらしかった。

山野辺は、功刀に向かっている。青山が相手にしたのは、浪人たちだった。

「今度こそ、お命をいただくぞ」

そう言って正紀の前に出てきたのが、伊橋である。すでに白刃を握っている。正紀も刀を抜いた。

刀や棍棒がぶつかり合い、気合いの声が聞こえてくる。そんな中でも、伊橋は慌てていなかった。八相《はっそう》に構え、こちらの動きを探っている。向けてくる眼差しには、粘りつくような恨みと怒りが滲み出てきていた。

正紀がじりっと前に出ると、その分下がる。しかし引いたままではおらずに、気迫と共に足が前に出た。

構えに隙がなく、さすがに手練れと噂されただけはあると、向かい合ってみて正紀は実感した。自分を殺そうとしている者の気迫が、刀身から伝わってくる。

「やっ」

一撃が突き出されてきた。心の臓を貫こうとする、迷いのない動きだ。

正紀は横に飛んでこれをかわそうとする。刀身がぶつかって、高い金属音が出た。一撃は凌いだが、間近にある切っ先が、勢いを緩めずにこちらの二の腕を目指して突き込まれてきた。正紀はこれを下に払って避けたが、袂を斬られた。

そこでようやく、二つの体が離れた。そこを見計らったか、藩士の一人が伊橋に斬りかかった。脳天を打ち砕く勢いの、上からの一撃だ。

しかし伊橋は慌てない。その刀を下から払うと、斜め前に出た。その小さな動きの中で、藩士の肘を突いたのである。

「ううっ」

呻き声と共に、刀が闇に飛んだ。体の均衡《きんこう》を崩した藩士に、伊橋の刀が止《とど》めを刺そうとする。その刀を、正紀は前に出て払い上げた。

このとき、甲高《かんだか》い声が上がった。

「引けっ」

と叫んでいる。声をした方に目をやると、船上にいる甲太郎が叫んだのだと分かった。

「おおっ」

周囲には人の姿が少なくなっている。金で雇われた浪人者や無宿人は、あらかた姿を消している。そして三つの樽はまだ船着場に残っていても、伴造や達次は舟に乗り込んでいた。船着場には、功刀と伊橋、そして浪人者と無宿人の一人ずつだけが残っていた。

船の艫綱を水手の一人が外すと、荷船は動き始めた。この船の船端に、功刀と伊橋は飛びついた。刀身は口に銜《くわ》えている。

浪人者と無宿人は、取り残された。

「待てっ」

山野辺が叫んだが、荷船は船着場から離れて行く。打ち捨てられた提灯が燃えていた。

あっという間のことだった。

六

「追えっ」

正紀は叫んだ。醬油を積んだ百石船は、北割下水を越して北十間川の方向に向かっている。

一同は河岸の道を駆けて追う。そして隠していた舟の傍へ来ると、正紀と山野辺、植木と青山がこれに乗り込んだ。これ以上は乗れない。

艪を握ったのは、怪力の植村だ。

「怪我人と、残した樽を下屋敷へ運べ。捕えられる者は捕えろ」

正紀は、船に乗れない服部に命じた。

荷船は勢いよく進んで行く。北十間川へ出てさらに隅田《すみだ》川に出た。満載の荷を積んでいるとはいえ、本職の船頭が船を操っている。植村も必死で漕いでいるが、なかなか追い付けなかった。

百石船は大川橋を潜り、さらに両国橋の下を通り過ぎた。

艪を漕ぐ植村が、息を切らし始めた。大横川から張り切り過ぎて、力が入らなくなった様子だ。

「拙者と代わろう」

青山が言った。二人は入れ替わった。

力は入れないが、青山の方が手際がいいらしい。舟は少しずつ、間を縮めた。

「おお、小名木川へ入ったぞ」

「江戸川へ出て、関宿へ向かうつもりだな」

山野辺の言葉に、正紀が応じた。

幅広の江戸川へ出ると、夜陰に紛れて見失いやすくなる。出来ればその前に追いつきたかった。舟には鉤縄も用意している。万一に備えてはいた。

艪の軋み音が、響いてくる。こちらの舟も、小名木川に入った。西からの風が、背中を押してくる。西蔵が殺された新高橋のあたりに来る頃には、距離が十間（約十八メートル）ほどに縮んでいた。

「よし、もう少しだ」

正紀は、鉤縄を握りしめた。

しかしこのとき、百石船に帆柱が立てられた。帆桁に結ばれた帆が、瞬く間にてっぺんまで上がった。

「おおっ」

追っている四人は、ほぼ同時に声を上げた。

上げられた帆は、楕円を描いて西からの風を受けている。これまでとは比べ物にならない速さが出てきた。見る見る遠ざかってゆく。

「くそっ」

青山は、気合いをこめて艪を操るが、風を受けた帆にはかなわない。ぐいぐい引き離された。

そしてついに、闇の中に船影が紛れ込んでしまった。

「ああ、せっかくの醤油樽が」

植村が、呻き声を漏らした。

「いや、まだだ。川は一本だ。あきらめずに追え」

正紀はそう返した。腰の印籠を握りしめている。

艪音が響く。青山は、辛抱強い者だった。めげずに漕いでゆく。

ただ漕いでも漕いでも、消えた荷船の船影は見えなかった。中川船番所を過ぎて、新川に入った。行徳を目指して舟は進む。

「おや、風向きが変わってきましたぞ」

植村が言った。

「うむ。なるほど」

山野辺が応じた。確かに、風の気配が変わっている。横風になり、それが正面から吹く風に変わった。

「帆船は向かい風でも、前に進むと聞きましたぞ」

「それはそうだが、追い風とは違うだろう」

植村の言葉に、正紀は返した。

「急ぎましょう」

青山は腕の動きを早くした。とはいっても、闇雲に漕ぐわけではない。舟の動きは、勢いを増したかに感じた。

「おお、あれを見ろ」

はるか彼方に、黒い船影がかすんで見えた。月明かりがそこだけ反射されない。

「いかにも」

山野辺の声に、力がこもった。

彼方にある百石船は、追い風を受けていたときのような勢いはない。青山の艪捌きで、徐々に間が狭まって行った。

植村は、舟に持ち込んだ丸太を握りしめている。荷船に乗り込んで、それでひと暴れするつもりらしかった。正紀は手を離していた鉤縄を、再び握り直した。

風の動きは、気まぐれだ。向かい風になったかと思うと横から吹いてくる。風を受けて進む帆船は、そのたびに帆の向きを変えなくてはならない。

こうなると、小船の方が動きが自在になる。

「よし、もう少しだ」

百石船の船尾が、目の前まで迫ってきた。鉤縄はもう一本あって、それは山野辺が握った。もう少しで投げられるところまで迫った。

ただ大きな船の傍まで寄ると、小舟は波の影響を受ける。四人が乗った船は、上下に浮いては沈んだ。

「やっ」

正紀は掛け声をかけて、鉤縄を船端目がけて投げた。渾身の力を込めている。

縄は風を受けながらも飛んで、鉤が船端にかかった。縄を持つ正紀の体がぐんと引かれたが、膝で均衡を保った。縄は大きく揺れたが、鉤は外れなかった。

やや遅れて、山野辺も縄を投げた。この鉤も、船端に突き刺さった。

四人の乗る船が、ぐんと荷船に近づいた。正紀も山野辺も、縄を握る腕に力を込めた。こちらの舟が、舟べりを接したところで、縄を船体に結び付けた。

　このときには、丸太を抱えた植村が荷船に乗り移ろうとしていた。向こうの功刀や伊橋らも、このときにはこちらの動きに気付いている。

　水手の一人が刃物で繋ぐ縄を斬ろうとしたが、植村は丸太で、その水手を薙《な》ぎ倒した。すさまじい膂力だ。

　これで船上の水手たちは、たじろいだ。この隙に、正紀や山野辺は荷船に乗り込んでいる。艪を握っていた青山も続いた。

　功刀も伊橋も、すでに刀を抜いている。こちらの三人も、遅れてはいなかった。水手たちも、櫂《かい》を握っている。それで向かってくるつもりだ。

　こうなると、船の進み方などかまっていられない。達次や甲太郎までが、棍棒を握っていた。

　こちらは四人だ。数では劣勢だが、怯んではいない。

「やあぁっ」

　怒声《どせい》を上げながら、植村が丸太を突き出した。船には多数の醤油樽が積まれているから、人は散らばって応戦するわけにはいかない。避ける場所も限られている。

「わあっ」

水手の一人を、船の外へ突き飛ばした。

正紀のもとへは、やはり伊橋が立ち向かってきた。

「今度こそ、仕留めてやる」

向けてくる目は、血走っている。怨念を剝き出しにした一刀が、襲いかかってきた。

船端の狭い場所だから、攻めるのにも土の上とは違って不安定なはずだが、迫ってきた刀の動きは迅速《じんそく》で狂いはなかった。こちらの喉元を狙っている。

正紀は後ろへ身を引いた。地上ならば、攻められて後ろへ引くことはまずない。しかし船上では、船を動かす縄がいくつも張られている。正紀が立っていたすぐ脇には、帆を操る手縄が矢倉板《やぐらいた》に結ばれていた。

その垂れた縄の後ろに回り込んだ。

伊橋は、慌てた。その縄を切っては、帆船の航行はできなくなる。刀身の勢いが、明らかに鈍った。

正紀はその隙を逃がさない。ここで前に出て、刀身を突き出した。肩を狙う一撃だ。これでけりが付いたかと思ったが、伊橋はしぶとかった。

不自然な体勢ながら、こちらの刀身を撥ね上げたのである。さらに切っ先を回転させて、こちらの小手を打ち込んできた。

無駄のない動きだ。寸刻、正紀の引きが遅かったら、ざっくりやられたところだった。

「何のっ」

一度引いた刀身を、正紀はもう一度前に突き出した。足も踏み込んでいる。伊橋はもともと体勢を崩したままだ。修復はできていない。

殺す気はなかったが、手加減をして勝負ができる相手ではなかった。渾身の力を込めた刀の切っ先が、伊橋の鎖骨の下あたりにめり込んだ。

「ううっ」

驚愕の目が、正紀を見据えた。だがそれは、一瞬のことだった。刺さった刀を抜くと、血を噴きながら、伊橋の体は前のめりに倒れた。

このとき船上では、他の争いも起こっている。植村は、達次が握った棍棒を払い落したところだった。さらに一撃を加えようとしているところへ、正紀は叫んだ。

「捕えろ」

と告げている。これは大横川河岸で見張りをしていたときから、打ち合わせていたことだ。

青山は甲太郎と伴造を、醤油樽の間に追いつめている。

「たあっ」

このとき、裂帛《れっぱく》の気合いが上がった。山野辺のものである。目をやると、功刀の二の腕を、裁《た》ち切ったところだった。鮮血が散っている。飛んだ刀が、船の外に消えた。

山野辺は功刀の体に躍りかかった。手早く腕の止血をすると、縛り上げた。

こうなると、伴造や達次、甲太郎はなすすべがない。船頭や水手たちも、戦う気力を失っていた。

伴造らを縛り上げた。

「ここはどこだ」

「もう少しで、行徳です」

「ならばそこまで船をやれ」

正紀は命じた。行徳には、桜井屋の本店がある。そこの船着場へ、荷船をつけさせた。

夜半ではあったが、桜井屋の戸を叩いた。

長兵衛や店の者が顔を出した。そこでまずしたことは、怪我人の応急手当である。伊橋もこの時点では、まだ息をしていた。

戸板に乗せて、医者の家まで運んだ。正紀も同道している。

着物は、噴き出た血でぐっしょり濡れていた。やむを得ない仕儀でこうなったが、命を取り留められるならば救いたかった。

医者の家へ運び込まれたときには、すでに息はしていなかった。正紀は遺体に、瞑《めい》目合掌《もくがっしょう》をした。

そして桜井屋へ戻った。

船上にあった醬油樽は、すべて桜井屋の納屋へ運び入れたのである。

そして捕えた伴造と達次、功刀と甲太郎は、縛り上げたまま桜井屋の船で江戸へ連れ戻った。本所の高岡藩下屋敷へ、取りあえず運んだのである。

第六章　お墨付き

一

江戸へ運ばれた伴造と達次、功刀と甲太郎は、南茅場《みなみかやば》町の大番屋へ押し込められ、尋問を受けた。北町奉行所与力山野辺蔵之助が、酉猪丸及び龍野醤油強奪の下手人として捕えたという形になっている。

これには船頭酉蔵、及び水手熊吉殺害にまつわる吟味《ぎんみ》も含まれていた。

「荷船の龍野醤油は、津久井屋が仕入れた品でございます。それがいきなり襲われました。難儀を被ったのは、私どもの方です」

伴造は初め、悪びれるふうもなくそう言ってのけた。

「では、どこから仕入れたのか」

「大坂より仕入れましてございます」

と伴造はその場しのぎの言い訳をした。龍野の淡口醬油七十石は、江戸での入荷は酉猪丸が運んだ荷が最初だった。ただ京や大坂では売られていることを知っていた。そこで苦し紛れの言葉を発したわけだが、その入手先を証明することができなかった。

吟味方の要請に応じて、大松屋亀八郎は龍野の醬油の蔵元と交わした七十石の仕入れの覚書《おぼえがき》を提出している。

加えて輸送用に使われた百石船は、戸川屋の持ち船ではなく、輸送の品目を明らかにしない闇船であることが判明した。どこの河岸場にも届を出さず、運上金も支払わない船だ。酉猪丸は船問屋には所属しなかったが、輸送の記録を残してお上に運上金を払っている。闇船ではなかった。

これは捕えた百石船の船頭を締め上げて、山野辺が白状させた。

そうなると、さしもの伴造も達次も白《しら》を切り続けることはできない。まず達次が強奪を自白し、伴造もそれに続いた。

これで七十石の龍野醬油が、大松屋亀八郎の所有物だと証明された。

奪った手立てについても、達次は功刀と共に、酉蔵の荷船を襲ったことを認めた。巷《ちまた》にあふれる無宿人を使った。こちらの名は伝えず、用済みの後は銭を与えて以後は顔も合せなかった。

ただ功刀は、伴造に命じられて金を受け取って仲間に加わっただけで、酉蔵も熊吉も殺してはいないと証言した。共犯ではなく、従犯だと訴えたのである。

「死罪を怖れての言葉だな。往生際の悪い奴め」

山野辺は、荻新田にいる猪蔵の容態を確認した。わずかずつだが、容態は回復に向かっている。寝かせたまま船による移動ならば可能だと聞いて、江戸へ呼び寄せた。戸板に寝かせたまま、お白州《しらす》へ運び入れた。達次と功刀の顔を見させたのである。

「あ、兄貴と、熊吉を、こ、殺したのは、このお侍です」

猪蔵はそう証言した。達次もその場にいたと言い添えた。

脅されて、酉猪丸で猿江御材木蔵に近い小名木川河岸へ行かされた。荷はここで下ろされ、古い納屋へ納められた。そして酉蔵と猪蔵も、その納屋に押し込まれた。

いずれ殺されるだろうとは予想していたので、隙を見て兄弟で逃げ出した。しかし功刀に追われて、小名木川に架かる新高橋の付近で斬りかかられた。

猪蔵はそう証言した。

達次も功刀が二人を斬殺したことを認めた。それで功刀は、否認を続けられなかった。

伴造や達次は、津久井屋主人庄右衛門の指図があったことを認めている。庄右衛門と伴造、達次と功刀は死罪となり、津久井屋は闕所《けっしょ》を命じられる運びになった。

甲太郎は、龍野醬油の輸送に関わったが、問題はそれだけではなかった。闇船の輸送を命じたのは戸川屋忠兵衛で、津久井屋と奪った醬油の利益を分け合う覚書を交わしていた。

この書面は、町奉行所が津久井屋の店を捜索する中で発見した。庄右衛門と忠兵衛の署名があるものだ。

したがって後から加わったのであっても、共犯となるのは免れなかった。忠兵衛と甲太郎にも、お縄がかけられた。これも死罪は免れない。戸川屋も闕所となることになった。

山野辺が、吟味の結果を知らせるために、高岡藩上屋敷へやって来た。正紀と佐名木は、それで取り調べの詳細を知った。この席には、植村もいた。

「となると、当家の戸川屋からの百二十七両の借財はどうなるのであろうか」

正紀が真っ先に気になったのはそこだ。戸川屋がなくなれば、借財も消えると期待したのである。

しかし佐名木は、首を横に振った。

「消えませぬな。闕所となった戸川屋の財は、すべて取手の領主の手に渡りまする。証文があれば、当家へ取り立てをするでしょう」

「なるほど。そのままには、せぬであろう」

「ただ高岡河岸の納屋と土地は当家の支配地ですから、高岡藩が召し上げることとなりましょう」

「では、後から出た四十二両も、返さねばならぬわけだな」

正紀はため息を漏らした。

するとそれまで部屋の隅で控えていた植村が、「あのう」と声をかけてきた。

「いかがいたした」

と尋ねると、植村は懐から紙片を取り出した。前に出て、畳の上にそれを広げた。

文字に目をやった正紀は、声を上げた。

「これは、四十二両の借用証文ではないか。それがなぜ、ここに」

「ははっ。あの百石船の上で甲太郎を捕えました折に、懐から零《こぼ》れ落ちたものにございます。それがしが拾いまして、そのままになっておりました」

植村は言った。

「まことか」

正紀が念を押す。

「ははっ」

提出する機会がなく、そのままになっていたと植村は恐縮した。

するとここで、山野辺が口を開いた。

「となればこの金子の請求は、当家には来ないということではないか」

「ははっ。そうなりまする」

植村は、とぼけた顔でそう応じた。分かっていて、懐に入れていたのである。

「では、見なかったことにいたそう」

山野辺は、その証文を手に取ると破いてしまった。そして紙屑となったものを、懐に押し込んだ。あっという間のことだ。

正紀も佐名木も、茫然とその様子を見るだけだった。

「これで戸川屋の納屋は、高岡藩の持ち物になったわけだな」

「さようですな。建物は古いが、様々な利用ができましょう」

山野辺の言葉に、植村は何事もなかったように応じた。正紀も佐名木も、頷かざるを得なかった。

山野辺が引き上げた後で、正紀は芝愛宕《あたご》下にある下妻藩井上家上屋敷へ足を向けた。

世子の正広に面会した。先の将軍家治公の御前で、上覧試合を行った。それ以来の仲である。

「ちと、お願いしたいことがありましてね」

「何でしょうか」

役に立てることならば立ちたいと、正広は言った。正広は父の正棠《まさき》とは、うまくいっていない。そのために世子として届けられるのに手間取った。藩主だけでなく、昨年まで江戸家老をしていた園田次五郎兵衛までが反対をしていたからだ。

そして次五郎兵衛は、高岡藩に正紀が入ることを受け入れがたく、命を狙ってきた。そのために腹を切ることになり、その流れの中で、正広を世子とする話が起こった。

そういう経緯があるので、正広は正紀に対して、諸事に渡って好意的に接してきている。

正紀はまず、龍野醤油にまつわる一連の出来事について説明をした。

「戸川屋は、闕所となり、身を寄せていた瑠衣殿と陽之助殿の身の置き場所がなくなりました。下妻藩内で、暮らしを立てられるご配慮をいただければと思いましてね」

事件解決後、正紀が気になっていることの一つだった。

「なるほど。母子には、関わりのない話でございますからな。一肌脱ぎましょう」

そう言ってくれた。

「かたじけない」

正広は、藩財政の逼迫を補う手段として新田の開発に力を注いでいる。しばらくその話を聞いてから、正紀は下妻藩邸を出た。

芝には、汐留川の南に龍野藩脇坂家の上屋敷もある。立ち寄って、安董と面談した。七十石の淡口醬油を奪い返した顚末を、正紀は報告したのである。

もちろんこれは、大松屋からも伝えられているはずだが、正紀の口からも話さなくてはならないと考えていた。

「重畳《ちょうじょう》だ。大松屋は、期限を違わず納品ができると喜んでおったぞ」

安董はそう言った。自身も、安堵している様子だ。淡口醬油を、江戸や関八州でも売りたいと考えている。一時はどうなるかと危ぶまれたが、ぎりぎりのところで下り物を扱う問屋としての信頼を失わずに済んだ。

「何よりでございます」

「そこでだ。追加で取り寄せた七十石の龍野醬油だが、荷を積んだ船は、四日前にかの地を出たと知らせがあった。潮や風の流れにもよるであろうが、そう遠くない内に、江戸へ着くであろう」

「さようでございますか」

「うむ。うまく、売れよ」

津久井屋は己の商いのために、龍野の淡口醬油を低品質の品として廉価で捌こうとした。しかしそんなことはしない。良さを知らしめ適正価格で売ろうと、これについては桜井屋とも話がついていた。

「はい」

正紀は胸を張って答えた。

二

翌日高岡藩上屋敷へ、桜井屋の長兵衛と江戸店の萬次郎が正紀を訪ねてやって来た。数日のうちに、龍野の淡口醬油を載せた船が江戸へ入津する。その売り方についての打ち合わせをすることになっていた。

大松屋と桜井屋は、同じ常陸を主な販路とするが競合はしない。大松屋は鬼怒川や小貝川流域で、桜井屋は霞ケ浦や北浦界隈に顧客を持っているからだ。

ただ霞ケ浦や北浦は、利根川の下流銚子に近い。ここには近年、下り醬油だけでなく、土地の濃口醤油の醸造元ができて販路を伸ばしている。鬼怒川や小貝川流域よりも売りにくかった。

龍野の淡口醤油を受け入れる素地は、まだできていない。というのが長兵衛の判断で、それは正紀や佐名木も認めざるを得ないところだった。

もともと安董や正紀は、淡口と濃口の醤油は違う品として売るべきだと考えていた。この話は、前に長兵衛にもしている。

淡口醤油を買うのは、おおむね城下や宿場、農漁村の富裕層である。たとえ凶作でも、金はあるところにはあると長兵衛は断言した。その富裕層は、領主との繋がりがことの他に深い。

「大名や旗本といった領主、すなわち土地の殿様から、美味いというお墨付きを頂戴したらどうでしょうか」

長兵衛は前に、そう言った。土地の富裕層は、殿様のお墨付きには弱い。それを手に入れられたならば、桜井屋は売り方を引き受けると約束していた。

正紀にしてみれば何としてでも手に入れたいが、容易《たやす》いことではない。霞ヶ浦や北浦を中心にした大名や知行地を持つ旗本を、動かさなくてはならない。

「手立てが、見つかりましたか」

長兵衛は、正紀との関係を大事にしている。けれども情に流される、甘い商人ではない。

いよいよ醤油が江戸へ入るにあたって、そこを確かめに屋敷へやって来た。こちらに妙案があるならば、力も貸すつもりなのは分かっている。

「しかしな」

醤油を奪い返すことばかり考えていて、よい知恵は浮かんでいなかった。

「ごめんなさいませ」

このとき、襖を開けて部屋へ入ってきた者がいた。正紀はその顔を見て、息を吞んだ。

京だったからだ。正紀の脇に腰を下ろして、長兵衛に目をやった。

「そなたに、味わってもらいたい品がある」

きりりとした声で言った。どうやらこれまでのやり取りを、聞いていたらしい。

「はあ」

長兵衛は、驚きの目を向けている。

京はそこで手を叩いた。すると中小姓が、膳を運んできた。

正紀が目をやると、膳には吸物と煮物、蒸し物が載せられていた。しかもそれが、二つずつになっている。煮物と蒸し物からは、湯気が上がっていて、香ばしいにおいが漂ってきた。醬油のにおいも絡んでいる。

膳は、長兵衛の膝の前に置かれた。

「同じ品を、銚子の濃口醬油と龍野の淡口醬油を使って拵えました」

面喰っている長兵衛に、京は言った。

長兵衛は、二種類の品々に目をやった。真剣な眼差しだ。高野豆腐と鰊《にしん》の含め煮、それに鯛の骨蒸だった。椀物の蓋を取ると、現れたのは筍の吸物である。

正紀も目をやっている。煮物も蒸し物も片方はほぼ透明で、もう一方ははっきりとした醬油の色が表れ出ていた。

「箸を取って、味わっていただきまする」

京は、毅然《きぜん》とした顔で長兵衛に言った。正紀に味見をさせたときのように、笑みはまったく浮かべていない。

「いただきましょう」

長兵衛は箸を取った。

それぞれの品を、ゆっくりじっくり口に含んだ。やや間を置いて、もう一度味わった。

「なるほど。淡口は素材の色をしっかり出しながら、塩気はむしろ濃口よりもしっかりしておりますな」

長兵衛はそう言った。そして付け足した。

「鯛の色が、鮮やかです。生き生きとして見えます」

その言葉で、京は微かに口元をほころばせた。長兵衛は、そのまま言葉を続けた。

「濃口醬油の方も、味が落ちるわけではありませんね。しっかりとしたコクがあります。ただ素材の色は、消えています。この二つの品は、違う料理と考えてよさそうでございますな」

そう言って、長兵衛は箸を置いた。

「淡口にも濃口にも、それぞれによさがあります。淡口の良さを出せる料理を、考えてきました」

京は言った。もちろん一人で煮炊きをしたわけではない。藩の台所方を使っている。しかし醬油の味付けについては、京が手掛けてきた。誰にも触らせない。

正紀もこの手がけた料理を、何度も試食させられた。京はあれこれ挑んでいたが、驚くほどに味わいは深まってきていた。

「いや。濃口と淡口の醬油の違いを、はっきりお出しになっています。畏れ入りました」

長兵衛は応じた。

「いかがでござろうか。売りたい先の殿様を茶会にお招きして、その茶懐石にこれを出したいと存じますが」

「それは……」

まず正紀が驚いた。淡口醬油で拵えた料理の品を、度々味見させられたが、こうした企みがあったとは知らされていなかった。

茶会と称し各藩主や旗本家当主を呼んで食べさせ、お墨付きを書かせようという考えだ。そういう企みをもって、調理に励んでいたわけだ。

「したたかではないか」

と感じた。そのために京は、今尾藩の乃里や龍野藩の台所方を訪ねたのだ。

「茶会では、龍野藩の料理方にも手助けをいただきます」

やることは周到だ。

「茶会に、お歴々が集まりましょうや」

長兵衛は、京の企みには不満を感じなかったようだ。しかし人が集まらなくては、企みは無になる。

相手が京でも、商人として遠慮のない問いかけをした。

「それは、正紀様の腕でございます。どう手当てを講ずるか、お考え下さいまし」

いつもの高飛車な言い方だったが、腹は立たなかった。当然のことを言われたまでだと感じた。京はすでに、充分な役割を果たしている。

とはいっても、どこでどうやるか……。そこが問題だった。

先月の初めに、尾張藩上屋敷で一門が桜を愛でる茶会を行った。縁者はもちろん、一門外からも人が集まって、盛大な会となった。

しかしあれは、御三家筆頭の尾張藩が主催したからだ。正紀が開く、淡口醤油を売るための茶会では人は集まらない。

「では、どうするか」

そこが思案のしどころだった。

長兵衛が引き上げた後で、正紀は小石川にある常陸府中藩の上屋敷に足を向けた。府中藩は、霞ケ浦に流れる鯉川《こいがわ》に領地が接している。叔母の品は、藩主松平頼前の正室だ。尾張徳川家当主の宗勝の娘でもある。

知恵を借りようと思った。品はこれまでも、度々知恵を貸してくれた。

目通りをした正紀は、龍野醤油を扱うに至った顚末を伝え、今後の方策について意見を聞いた。

「いつものことだが、そなたが訪ねて来るのは、困ったときだけだな」

叔母は嫌味を言った。事実だから、正紀は首を竦《すく》める。

しかしそれでも、叔母は首をひねってくれた。しばしの後、口を開いた。

「尾張屋敷を使えばよい。睦群殿に頼めばよいではないか」

「兄上にですか」

睦群は今尾藩主であるだけでなく、尾張徳川家の付家老をしている。二千本の杭の調達について、昨年助力を求めた。しかしそのときは、藩のことは藩で賄えと告げられた。

「この度は、金の無心ではないぞ」

と叔母は言った。

尾張藩邸内の楽々園は、見事な庭園だ。そこを使って催しができるならば、それだけで茶会の格式は高くなる。たとえ正紀が催す茶会でも、人は尾張藩が背後にいると考える。

「ともあれ頼んでみるか」

と正紀は考えた。

相手が尾張徳川家の付家老であっても、正紀が竹腰睦群に会うことは難しくはない。刻限は指定されるが、それはこちらが合わせれば済む。

ただこちらの申し出を、受け入れるかどうかは別だ。楽々園の利用は、高岡藩にとっては絶大な意味がある。しかし尾張藩にしてみれば、面倒なだけの催しだ。

睦群が簡単に頷くとは思えない。子どもの頃から、性格は頑固だった。融通の利かない、生真面目なところがある。

また高岡藩のことは高岡藩でやれと、これまでは何の助力もしてもらえなかった。

しかし怯んではいられない。

叔母品と会った翌日の夜に、正紀は赤坂にある今尾藩上屋敷へ赴いた。

「頼み事とは何か」

初めから睦群の顔は、不機嫌そうだった。厄介事の頼みだと、見当をつけているからかもしれない。

正紀は、龍野醤油七十石を売るにあたっての、これまでの顚末を伝えた。睦群と脇坂安董は、幼少から親しい間柄だ。安董の肝煎《きもい》りで、龍野の醬油を扱うという点は強調した。

楽々園の使用を、徳川宗睦に頼んでほしいと懇願《こんがん》したのである。

「その方は、いつから商人になったのか」

聞き終えた兄は、仏頂面を崩さずそう言った。武家にあるまじき、との考えがどこかにあるのかもしれない。

「高岡藩の逼迫する財政を、そのままにはできませぬ」

今尾藩は豊かとはいえないにしても、藩財政は高岡藩ほど追い詰められてはいなかった。御三家筆頭の尾張藩付家老という地位は、諸事の中で便宜を図られる。また東北は飢饉、高岡藩は凶作でも、美濃の国今尾は、例年よりも不作といった程度だった。

睦群は、金子にまつわる苦労をしていない。

「ならば高岡藩で、茶会を行えばよい。楽々園でやる必要はあるまい」

睦群の言い分も分からぬではないが、それでは己が楽しむだけの茶会になってしまう。

さらにどう説き伏せたものかと考えていると、襖の外から中小姓が声をかけてきた。母の乃里がやって来たという。

「お迎えいたそう」

睦群も正紀も、急な訪れに驚いたが、断る理由はなかった。

部屋に入った乃里は、倅二人と向かい合う形に座った。

「楽々園の茶会での話をしていたのですね」

「さようで」

乃里の言葉に、睦群が応じた。正紀の来意を知って、顔を出したらしかった。

「茶会は、龍野の淡口醬油の味を諸侯に知らしめるために行います。高岡藩上屋敷でやっても、人は集まりませぬ」

「…………」

「睦群殿は、安董殿や正紀殿の役に立ってはいかがか」

今尾藩邸への訪問については、安董には知らせていない。しかし京には話をした。京は訪問の意図を、乃里に書状で伝えたのだと正紀は推察した。

「お願いいたしまする」

正紀はここで、両手をついて頭を下げた。

「仕方がないな」

睦群は渋々頷いた。

翌日の昼下がり、正紀は市ケ谷の尾張藩上屋敷へ出向いた。睦群と共に、藩主宗睦に目通りをしたのである。

宗睦は、正紀の祝言の折には顔を見せてくれた。先日の茶会でも顔を合せたが、来客が多くて親しく言葉を交わすことはできなかった。

「健勝に過ごしておったか」

まず正紀は、祝言前に高岡領内の堤普請で杭二千本の寄進を受けた。その礼も含めて挨拶をして、この言葉が返ってきたのである。

小大名家の世子が、宗睦に目通りしたのではない。甥が伯父を訪ねた形で宗睦は会っている。

「ははっ」

正紀は高岡河岸を、水上輸送の中継場所として活用しようとしていることを伝えた。その上で龍野醬油を売る手段として茶会を開きたい、ついては楽々園を一日、使わせてもらえないかと訴えた。

「龍野の淡口の醬油は、濃口の品にはない味わいがございます。茶懐石を賞味させることで、伝えたいとの望みでございます」

今尾藩邸では仏頂面をしていた睦群が言った。ここでは、正紀の背を押す発言をしている。とはいってもこれは、昨日正紀がした話をそのままに伝えただけだ。

「龍野の醤油をな」

「いかにも。淡口は紫の色が薄いゆえ、食材の色を活かせまする」

正紀は特徴を伝えた。宗睦が何を考えているかは見当もつかないが、関心を持ったと受け取った。そこで味わいをよしとした大名や旗本に、お墨付きを書かせ、売る材料にしたいと目当てを告げた。

「それで売れるか」

「領主と豪商豪農、地主、漁村の網元、船主などは、近い間柄にあります。領主のお墨付きは、求めさせるための手立てになります」

「そのために、楽々園を使いたいと申すわけだな」

「さようでございます」

「ふうむ」

宗睦はここで、しばらく考える仕草を見せた。そしておもむろに口を開いた。

「実は一昨日、城内で脇坂安董と会った。あの者と、四半刻ほど話をした」

「さようで」

「あれには、先を見る目がある。鋭利な頭の持ち主といってよかろう。ゆえに醬油造りに力を注ぎ、藩財政の危機を乗り越えた。その方は安董にあやかり、龍野醬油を使って高岡河岸を盛り立てたいと考えるわけだな」

「その通りでございます」

見透かされているという気持ちはあったが、恥じ入る気持ちはなかった。自分は精いっぱいのことをしているという自負がある。

「その方、奪われた七十石の醬油を奪い返したというではないか。安董は、喜んでおった」

「ははっ」

醬油が奪われたことについては、正紀は触れていなかった。

「あい分かった。楽々園を使わせよう。日取りについては、睦群と打ち合わせるがよかろう」

宗睦は言った。

飛び上がりたい気持ちを抑えて、正紀は睦群と御座所を出た。

「殿は、安董殿の才知を高く買っておいでだ。いずれ幕政の中心に出るだろうとな。そしてその方の働きも、よしとしたのであろう。せっかくのご厚情だ、必ずやうまい具合に始末をいたせ」

「かしこまりました」

睦群にも礼を言った。

四

三月もあと二日で終わりという一日、市ケ谷尾張藩上屋敷の楽々園で、正紀が催す茶会が行われた。すでに青葉が芽吹いて、泉水脇の藤棚《ふじだな》には、藤の花が房をなして咲き始めている。

春の日差しが、眩しいくらいに庭を照らしていた。

「よい日和となりました」

正紀と共に楽々園に入った京は、手入れの行き届いた庭を見回して言った。揃ってやって来たが、二人が果たす役割は違う。

楽々園を借りはしたが、茶会を催すのは尾張藩ではない。亭主は正紀が務め、佐名木を中心にした高岡藩士が、乃里や京の指図を受けて席の運営を行う。

「楽々園での茶会ならば、顔を出さぬわけにはゆくまい」

案内状を出した大名や旗本家では、ほとんどの家から出席の返答を得た。国許へ帰っている者や、所用のある家では、世子や代理の江戸家老が顔を出す。

もちろんこの茶席には、宗睦や正紀の父竹腰勝起も客として加わる。

叔母品が嫁いだ常陸府中藩は、水戸徳川家の流れをくむ。当主の松平頼前は、水戸藩に声をかけて、嫡子の治紀《はるとし》が出席するように計らってくれた。叔母が、頼前を動かしたのだ。

こうなると、誘いを受けた方も断りにくい。

「一門の力は、たいしたものですな」

佐名木は、紙に書かれた出席者の名を目にして感嘆の声を漏らした。

府中藩二万石松平家、土浦《つちうら》藩九万五千石土屋《つちや》家、宍戸《ししど》藩一万石松平家、麻生《あさお》藩一万石新庄《しんじょう》家、笠間《かさま》藩八万石牧野《まきの》家、陸奥守山《もりやま》藩二万石松平家、下妻藩一万石井上家の面々である。下妻藩を除けば、桜井屋が売ろうとする地域の大名家だ。

これに加えて、その周辺に知行地を持つ旗本衆である。もちろんこれには、脇坂安董も顔を添える。

案内を出す名簿作りには、桜井屋長兵衛と萬次郎も加わった。怠りない準備をしたのである。控えの部屋も、家格によって分けた。江戸城内の待遇と合わせた。

ただそれでも、私的な集まりである。裃《かみしも》などつけないで、諸侯はやって来た。

「ようこそお越しを」

正紀は、笑みを浮かべて招き入れる。現れた者の顔と名は、間違えない。これには高岡藩の留守居役だけでなく、今尾藩の留守居役にも助力を得た。

挨拶が済んで、正紀が炭点前《すみてまえ》を行う。それから香を焚《た》き、香合拝見《こうごうはいけん》となる。正紀は一応習ってはいたが、人前で炭点前をしたことなどない。事前に京から、何度も手ほどきを受けた。

「しっかりなさいませ」

厳しい言葉もかけられた。剣術の稽古のようなわけにはいかない。

緊張したが、どうにか終えることができた。そしていよいよ、茶懐石となった。

飯椀、汁椀、向付を載せた折敷が客の前に並べられる。正紀は末座に控えた。ここでは酒も供される。客たちも知らない顔ではないから、それぞれに言葉を交わす。

向付は、サヨリの細造りだ。腹骨を鋤取《すきと》り、細切りにしてある。三つ葉の茎に山葵《わさび》が添えてある。これに二杯酢がかけてあった。

「どうぞ、お召し上がりいただきたく」

膳が並び終えられたところで、正紀は言った。

「サヨリの二杯酢には、酢とだし汁に龍野の淡口醬油を使いましてござる」

正紀はさりげなく続けた。

「ほう、醬油とな。確かにその香りはあるが、色はそのままに鮮やかでござる」

「まことに。色は薄くても、味わいは確かですな」

まず声を上げたのは、松平頼前だ。これに呼応するように口にしたのは、下妻藩の井上正広だった。この二人は、事前に打ち合わせをしている。正紀が頼んでいたからだ。

下妻藩の領地は鬼怒川沿いだが、正広にはあえて来てもらった。

二人とも、料理を口にしたのは初めてだ。それでも言葉に、実感がこもっていた。

「なるほど。紫が表れぬゆえに、味わいが深く感じますな」

と続けたのは、笠間藩主の牧野貞喜《さだはる》だった。牧野は茶会の意図を知らずにやって来た客だ。他の客たちも頷いている。

ここで正紀は、安董と目を合わせた。上出来な進み具合だ。安董は微かな笑みを口元に浮かべている。

ここで酒が運ばれた。中小姓が、杯に注いでゆく。そしてさらに、一汁三菜の二菜目の煮物椀が運ばれた。高野豆腐と鰊の含め煮である。

正紀はこの料理を、もう何度も味わっていた。

尾張藩上屋敷へ入った京は、併せて借りている藩のお台所に陣取っていた。サヨリの細造りも、高野豆腐と鰊の含め煮も、高岡藩の台所方が包丁を使い、煮炊きを行ったが、醤油の味付けをしたのは京だった。

他の誰にも、手をつけさせない。

龍野の淡口醤油を使って、いかに味わい深い料理を作るか、京は工夫に工夫を重ねてきた。正紀にもそのたびに味見をしてもらった。乃里の助言も得ている。

京は、正紀が一口食べたときの表情を見ただけで、その料理の出来具合が分かった。意見を交換して、乃里にも試食をしてもらって、辿《たど》り着いた味なのである。

淡口醤油をどう売るか。各領主からお墨付きを得るには、どうしたらよいか。正紀から話を聞いたとき、京は考えた。

食べ物は、いくら言葉で説明をしても、それだけでは味わいは分からない。ならば食べさせるしかないが、どうすれば効果的かを考えた。思いついたのが、茶会での懐石料理だった。

「ただ食べさせる以上は、美味しいと思わせなければいけない。淡口醤油のよさを、分からせなくてはいけない」

　ということが頭にあった。

　正紀は高岡藩に婿入る前から、堤普請のために奔走した。そして高岡河岸を水運の中継地点として利用するために、尽力を重ねている。

　京は一人娘として、嫁に出ることなど考えられない環境で育った。高岡藩は、唯一絶対の住処《すみか》といっていい。取り立てて贅沢をしてきたつもりはなかったが、藩財政が追い詰められていることを、正紀によって知らされた。

「ならば藩政の改革を、あの人だけに任せるわけにはいかない」

　という考えが、京の胸の内に育っている。

　龍野醤油は、藩を豊かにする大事な手立ての一つだ。ならば今できることを、成し遂げなくてはならない。

　高野豆腐を並べ入れた鍋のだし汁が、沸騰した。追いがつおを行い、砂糖と味醂《みりん》を加えた。弱火にしてやや煮てから、淡口醤油を手に取った。

　煮汁の中に、淡口醤油を加える。何度も繰り返して身に付けた、味を生かす最適とした量だ。その瞬間、鍋の中に紫の色が広がったが、すぐに煮汁の中に溶けた。

　さらに少し煮て、火から鍋を下ろして冷まし味を含ませる。そして汁を小皿にとって、味見した。

満足のゆく味になっていた。

「うむ。これも深い味わいになっておるぞ」

高野豆腐の含め煮を口にした土屋泰直《やすなお》が言った。

「いかにも、いかにも」

父の勝起が応じてくれた。

「いや、それがしは濃口の方が」

と口にする者がないではなかった。しかしおおむねは好評だった。

「濃口にも淡口にも、それぞれの味わいと使い道がありまする。使い道を分ければ、どちらも料理に深みをもたらせまする」

「いかにも。濃口と淡口の醤油は、競い合うものではなく、共に有用な調味の品として活かしてゆく品でござる」

正紀が口にした言葉に対して、安董が初めて声に出して答えた。

「なるほど、そうであろう」

という声が上がった。

　ここで正紀は、目論見《もくろみ》の中心になる提案を行った。

「淡口醬油の味わいと用途について、満足できると得心なされた方は、その旨を書状に記してはいただけまいか」

「お墨付きが、欲しいということだな」

　宗睦が、はっきりと口にした。

「さようでございます。お歴々が美味いとおっしゃれば、淡口醬油を試したいという者も、多く現れると存じまする」

「あい分かった。書こうではないか」

　と最初に言ったのは、松平頼前だ。商いにするということを、耳にした上での発言だ。

「では、それがしも」

　井上正広が続くと、水戸の徳川治紀も応じた。

　濃口醬油を使うなとか、龍野醬油を買えと命じるのではない。淡口醬油の利点を認めるというだけの書状だ。

　すでに隣室には、紙と筆の用意をしている。そのまま一筆をしたためてもらった。

「この程度ならば、お安い御用だ」

大名や旗本のお墨付き、二十数枚が得られたのである。

茶会のあった翌日、桜井屋長兵衛と萬次郎が高岡藩上屋敷へ正紀を訪ねてきた。向かい合って座ると、正紀は集まったお墨付きを差し出した。

「拝見をいたします」

長兵衛は、一枚一枚丁寧に見ていった。最後の一枚を検めてから、長兵衛は正紀に顔を向けた。

「これで売る目途《めど》がつきました。出来る限りのことをいたしましょう」

そう言って、頭を下げた。

まずは当初の借財百二十七両を返済しなくてはならない。期限は明日の、三月末日である。

「明日にも、返済をしていただきましょう」

長兵衛は、萬次郎が持ってきていた袱紗《ふくさ》包みを受け取って、正紀の膝の前に差し出した。開いてみると、金子が現れ出てきた。支出を絞り、姑和の水墨画の軸も処分した。それでも足りなかった六十両ほどである。

「できるだけよい値で売りましょう。精算はその折にいたしまする」

長兵衛は言った。

これで高岡藩は、直面する危機を乗り越えられる。

「七十石の醬油は、高岡河岸の納屋に納めます。その運上金と冥加金は、別途にお支払いいたします」

「うむ。戸川屋から得た納屋も、使おうではないか」

「はい。高岡河岸を、大きくしてまいりましょう」

と話し合った。

塩や醬油だけでなく、たくさんの品を扱う河岸にしようと、夢が広がる。まずは醬油が、夢の実現を後押ししてくれた。

五

下り物の品々を積んだ千石船が、品川沖に入津した。四月五日のことである。翌六日に、桜井屋は、荷船を出して七十石の龍野の淡口醬油を受け取りに行く。

その知らせが、萬次郎から正紀のもとにあった。

藩では青山を、高岡河岸の江戸引き受け方に任命している。荷入れには青山が関わるが、正紀にしてみればじっとしてはいられない。

「入荷の様子を、河岸まで見に行くぞ」

と告げた。

「ならばそれがしも」

と佐名木も言った。植村も大きく頷いている。

苦しい藩財政は変わらないが、改善してゆく希望を宿した荷の搬入となる。その様を、皆は己の目で見たいのだった。

「私も参ります」

朝の読経の折に、正紀は京に伝えた。すると京も、目を輝かした。

「ならば、共に参ろう」

京も、淡口醬油の販売については功労者の一人だ。桜井屋は、各藩主や旗本家当主の書いたお墨付きを使って、販路を広げている。楽々園での茶会は、成功だった。

淡口醬油の存在が、広く伝わった。

新堀川河岸の桜井屋で、一同は舟の到着を待つ。船着場では、すでに人足たちが待機をしている。岸辺の桜の枝は、青葉に満ちていた。

河岸に接した納屋の戸は、すでに開けられている。

「顔色がよくないぞ」

正紀は、京の顔がいつもよりも青白いと感じた。荷の到着は嬉しいには違いないが、体調がすぐれないようにも見受けられた。

「大丈夫でございます」

京は、気にするなという表情で応じた。

「荷船が来たぞ」

という声が上がった。船着場がざわついている。正紀ら店にいた者たちも、通りに出た。

河岸の道は、活気づいている。何かあってはと、山野辺も警護に入っていた。

「おれも、荷入れの様子を見てみたいぞ」

山野辺は言っていた。淡口醤油への思い入れは、山野辺にしても大きい。

船着場に荷船が横付けされる。すると帳面を手にした萬次郎が、手を振って合図をする。板がかけられ、人足たちが船上に駆け上がる。

「そうれっ」

最初の四斗樽が運び出された。さらにいくつもの樽が、姿を現す。

「懐かしいにおいだな」

「まったく」

鼻をくすぐる醬油のにおいを感じて、正紀と京は顔を見合わせた。

「まだまだ前途は多難だが、藩は少しずつ潤って行くぞ。そなたの力添えがあるからな」

正紀は京の顔は見ないで、そう告げた。口にするのが、少し照れくさかった。

前に、力を貸すのは藩のためだと告げられたことがある。言った後で、それを思い出した。しかしそれでもいいと、正紀は感じている。同じ願いを持ち続けていれば、気持ちは通じると考えるからだ。

すると京は、意外な返答をした。

「あなた様のお役に立てたのならば、何よりでございます」

「そ、そうか」

力を尽くしたのは、藩のためではあるにしても、正紀の役に立とうという気持ちがあったからだと伝えられたのである。

大きな満足があって、京への愛おしさを感じた。

しかし京は、やはり気分がすぐれない様子だった。荷入れが済んで、祝の酒を酌《く》み交わすことになっていたが、早々に引き上げて行った。

夜になって、正紀は京の部屋を訪れようとした。すると京付きの奥女中が、両手をついた。

「ご気分が、すぐれませぬようで」

「ほう」

正紀は、何か京の機嫌を損ねることをしたかと考えた。しかし思い浮かばない。困惑していると、奥女中は続けた。

「ご懐妊を、なさいましたご様子で」

「そうか。そうであったか」

桜井屋へ行ったときも、気分がすぐれない様子だった。その原因がこれだったのかと、得心がいった。機嫌が悪いのではない。

「いや、嬉しいぞ」

ふつふつとした喜びが、胸の内に湧き上がってくる。正紀は京の部屋の前まで行って、襖に手をかけた。

本作品は書き下ろしです。

双葉文庫

ち-01-31

おれは一万石《いちまんごく》
紫《むらさき》の夢《ゆめ》

2018年2月18日　第1刷発行
2018年4月 2日　第3刷発行

【著者】
千野隆司《ちのたかし》

【発行者】
稲垣潔
【発行所】
株式会社双葉社
〒162-8540 東京都新宿区東五軒町3番28号
［電話］03-5261-4818(営業)　03-5261-4840(編集)
www.futabasha.co.jp
（双葉社の書籍・コミックが買えます）
【印刷所】
大日本印刷株式会社
【製本所】
大日本印刷株式会社
【CTP】
株式会社ビーワークス

【表紙・扉絵】南伸坊
【フォーマット・デザイン】日下潤一
【フォーマットデジタル印字】恒和プロセス

ISBN978-4-575-66872-8 C0193
Printed in Japan